INK

里斯本的舊城小街上還鋪著昔時的方形小石塊，看著美麗卻十分坎坷，穿著晚宴的高跟鞋走起來分外辛苦。
（見〈里斯本之夜〉，P.043）

卡普麗島天堂般的美景，真能使人為之流連忘返，不思歸家。
（見〈吃蓮花的人〉，P.029）

JEAN PAUL SARTRE
1905 - 1980
SIMONE DE BEAUVOIR
1908 - 1986
MD

JACQUES AUPICK.
GÉNÉRAL DE DIVISION, SÉNATEUR,
ANCIEN AMBASSADEUR
À CONSTANTINOPLE ET À MADRID,
MEMBRE DU CONSEIL GÉNÉRAL
DU DÉPT DU NORD, GRAND OFFICIER
DE L'ORDRE IMPÉRIAL DE LA LÉGION
D'HONNEUR, DÉCORÉ DE PLUSIEURS
ORDRES ÉTRANGERS.
DÉCÉDÉ LE 27 AVRIL 1857,
À L'ÂGE DE 68 ANS.
CHARLES BAUDELAIRE
SON BEAU FILS, DÉCÉDÉ À PARIS
À L'ÂGE DE 46 ANS, LE 31 AOÛT 1867
CAROLINE ARCHENBAUT DEFAYES
VEUVE EN PREMIÈRES NOCES DE
MR JOSEPH FRANÇOIS BAUDELAIRE
EN SECONDES NOCES
DE MR LE GÉNÉRAL AUPICK
ET MÈRE DE CHARLES BAUDELAIRE
DÉCÉDÉE À HONFLEUR (CALVADOS)
LE 16 AOÛT 1871, À L'ÂGE DE 77 ANS.
PRIEZ POUR EUX
CONCESSION À

右頁

上：西蒙・德・波娃與沙特合葬於巴黎蒙帕拿斯墓園，碑上只簡單刻著兩人的姓名和生卒年份。

下：瑪格麗特・莒哈絲的墓沒有立碑，朝向路的一側刻著她的姓名縮寫MD；除了前頭的一小盆青翠的矮松，其餘的花束和植物都已枯萎了。

上：波特萊爾的墓，有隱隱青苔的漫漶。墓碑上也刻著繼父和母親的名字及生平，詩人則被夾在他極不喜歡的繼父和愛恨交織的母親之間。

（見〈巴黎的憂鬱〉，P.033）

上：詩人布洛斯基位於聖米凱勒島上的墓。他深愛冬天的威尼斯，總守著盟約般地按時回來，像另一種鄉愁，另一類候鳥。

下：從威尼斯北岸可以清楚看見聖米凱勒島棕黃色的牆垣；此島別名墓島，據說整座島就是一個大墓園。

（見〈水痕〉，P.088）

上：威尼斯人稱木橋是暫時的橋，以往只有二十年壽命，但藝術學院旁的大木橋由於深受人們喜愛，成為威尼斯唯一一座「永遠的木橋」。

中：麗雅托菜市場規模雖大，卻整潔得出奇；緊傍的運河上就是一艘艘船載來鮮貨，一上岸走幾步路就是攤位了。

下：詩人布洛斯基初見Rialto橋時形容他的第一個印象是：「周遭的天空變模糊了，忽然之間，每樣事物都滿溢著光……」

（見〈永遠的橋〉，P.097）

卡普麗島附近的藍洞中如此清澈湛藍的水，教人不禁想縱身躍入悠游一番。
（見〈只因為水在那兒〉，P.065）

2003.9.17
Karlův Most

右：在查理士橋上遠眺，時間像是凝止的——至少也是走得極慢，好似在讓人們趕得及細讀周遭兩岸的歷史。

左：布拉格提恩大教堂負載著造型奇特的十幾座尖塔，每座塔頂上還有長針般的塔尖，高處綴著金球與金星，好似魔法師的魔杖，筆直地刺向天空。

（見〈布拉格的光陰〉，P.115）

上：谷崎潤一郎生前寫過：死後要葬在京都，守在媳婦渡邊千萬子身邊；站在他位於法然院內的墓旁便可俯視千萬子的白色洋房。

下：渡邊千萬子在哲學之道上開的咖啡館。

左：在祇園一帶閒逛，欣賞傳統屋舍建築之餘，也有機會和盛妝小藝妓擦身而過。（見〈花魂〉，P.052）

INK
文學叢書
067

海枯石

李黎◎著

For Aaron

目次

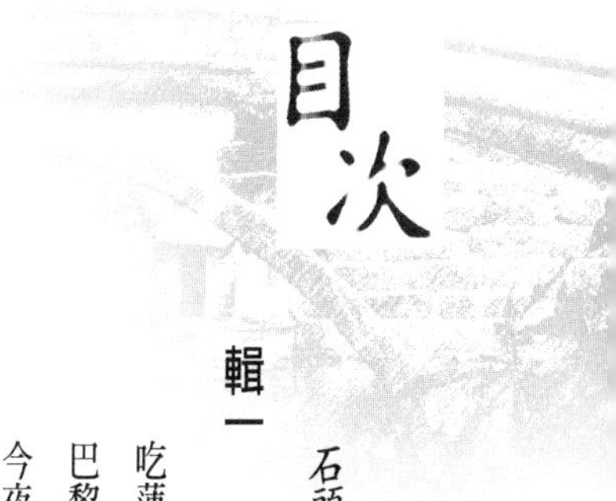

輯一

【自序】

石頭記

李　黎

Stones are the memories of the earth：石頭是地球的記憶。

這是當今世上保存最好的古生物化石區之一——加拿大「波傑士頁岩化石區」的出版物刊頭上的一句話。

久聞在加拿大洛磯山脈之巔，有一處山坡上滿佈著地球最早的生命記憶——五億年前的動物化石。去年夏天我終於攀上那片神奇的山坡，當我把一塊清晰完整的三葉蟲化石捧在掌上，感覺是在閱讀著地球的故事。〈海枯石未爛〉這篇不僅記述這段時光之旅，還有更多的感悟，因而借用篇名的部分作爲書名——

海枯了，石卻未必爛；水涸了，河床裡的石子們依然留守原地，橋梁的基石依然見證著昔日的河與道；天下分分合合、朝代起起落落，唯有磐石碑版不爲所動……它們猶在默默說故事。地老天荒、人世滄桑，最後倖存的不論是廢墟的一堵石壁，枯河的一座石橋，或者荒原裡的一塊頑石，都象徵著一份拒絕遺忘的執著。

拒絕遺忘，所以書寫；書寫之於我，正似勒石銘記。這本書的「輯一」便是近年來行旅心得的記憶——「心得」，是那些得之我心的東西：景色、文字、藝術、人物、建築……其實萬物靜觀皆可自得，也並不一定要在驛動行旅中求得；只是我更喜動之後的靜，就像瞬息萬變裡的不變。

或許正因爲此，水的意象時時出現在我的文字中，從一些篇名也可想見。至於有心覓橋，卻是近兩三年來的事了：從威尼斯到蘇州，從冬季的翡冷翠到春雨中的京都，從布拉格的查理士橋到中國江南水鄉的無名小橋……訪橋覓橋兼及相關的人、文、景、觀，便成了我的嗜好與功課。心得書寫還在繼續，到目前爲止寫出的幾篇訪橋之文都收在這裡了。

畫圖是我書寫之外的「業餘」愛好，因此我的行旅日誌一向就是「圖文並茂」的——當然還免不了照相。所以這本書裡也將我的寫生與攝影一併獻曝，當成伴隨我文字記錄的另一種演奏方式。

若問「輯二」與輯一的分別，那就是更多屬於私密記憶的話語吧。有些已珍藏久遠，如匣中雖不貴重但鍾愛的珠玉不曾輕易示人，卻因一部電影、一首詩歌、一本書、甚或一道味覺而觸動心情，忍不住訴諸文字，寫了出來依然分外珍惜。還有就是面對今日因人的狹識偏執而造成的大難，心中塊壘難平；文字不僅是抒發，更是握筆者對自己和世間的一份責任了。

這本文集開頭第一篇就提到「食蓮人」——荷馬史詩《奧狄賽》裡有一處忘憂國，那裡的人吃蓮花的果實就可以忘憂、忘鄉、忘記一切，幸好尤里西斯不肯吃，才回得了家；而最後一篇〈滋味年年〉，卻是我對早已回不去了的童年舊家與昔日滋味的追憶……這樣的開始與結束雖不是有心安排，但亦非純屬巧合：到底這是一本時間與記憶之書啊。

寫下來，就不會忘記了；我寫，故我在。這裡的故事都是我的石頭記——其實每個人都有自己的石頭記。讓我們彼此交換閱讀吧。

二〇〇四年夏於美國加州史丹福

輯一

吃蓮花的人

錢鍾書先生在《圍城》一九八〇年版的〈重印前記〉中，提到他寫完《圍城》後抽空又動筆寫另一個長篇小說《百合心》，「大約已寫成了兩萬字」；可惜在搬家中遺失了原稿，「興致大掃」，其後也就不再寫長篇小說了。關於這本未能面世的書，錢先生不提還好，提及的寥寥數語更引人好奇：他說書名「脫胎於法文成語 le Coeur d'artichaut，中心人物是一個女角。」還說：「假如《百合心》寫得成，它會比《圍城》好一點。」夏志清教授在〈重會錢鍾書〉一文中也寫道：一九七九年錢先生在紐約曾對他講起《百合心》，自稱「可比《圍城》寫得更精采」，並謂「已寫了三萬四千字」，比〈前記〉提及的還多出萬餘言……

初讀〈前記〉時我沒太在意，還以爲「百合心」就是百合花的心；待後來注意到他用的法文字 artichaut 原來便是英文的 artichoke，一般稱作「朝鮮薊」的蔬果，想其中必有典故，便作了些查考——原來法文成語裡說一個人有「朝鮮薊心」，是比喻過度敏感、動不動就爲雞毛蒜皮的小事哭哭啼啼的人。普魯斯特在《追憶似水年華》裡，也用此「心」來比喻 inconstant heart——反覆無常的心。《百合心》的女主角不知道是不是這樣一個人？已寫成了兩三萬字的原稿竟然遺失，作者本人也不想再寫，眞是「紅樓夢未完」之後的文學憾事又一樁。楊絳在《記錢鍾書與《圍城》》那本小書裡，提到錢氏後來已不興寫小說之念了，理由是「寧恨毋悔」——「要想寫作而沒有可能，那只會有遺恨；有條件寫作而寫出來的不成東西，那就只有後悔了。」錢先生因寧恨毋悔而惜墨如金；作爲他的讀者，卻只有亦恨亦憾了。

「朝鮮薊」聽起來太像個植物學名，其實它還有個好聽得多的名稱叫「法國百合」，大概跟它亦名 French artichoke 有關連吧——所以「百合心」其實是個既貼切、又兼語帶雙關的書名，正是錢氏一貫風格。此物還有個名稱叫 globe artichoke（球狀朝鮮薊），以別於它的另一房遠親，耶路撒冷薊（Jerusalem artichoke）。

初到美國，頭一回見到朝鮮薊還不知它叫什麼，只覺那層層綠瓣形狀有如蓮花瓣，很好看也很稀奇，從前在台灣倒是不曾見過。美國朋友示範給我看怎麼吃：整顆煮熟了，撕下一片萼瓣，沾沾小玻璃盅裡融化的奶油，送進兩排牙齒之間，然後輕輕抽出來，底部的「肉」就留在舌尖上了。其實朝鮮薊是一種薊類植物未成熟的花蕾，柔軟肥嫩的心才是最美味的部分；通常衹是用它煮熟的心切了拌沙拉吃。後來我漸漸也學會逐瓣剝食，這時就覺得自己像在吃一朵花，只因爲那個蔬果的長相實在像朵翠綠色的蓮花——或者百合。

英國作家毛姆（W. Somerset Maugham）有一個短篇小說叫〈食蓮人〉（The Lotus Eater），寫的是一個英國人到了義大利卡普麗島（Capri）度假，被那兒天堂般的美景迷住了，只想從此定居在這人間仙境；於是三十五歲便辦了退休，準備用微薄的積蓄活到六十歲，然後沒有遺憾地自我了斷……。可是他萬萬沒有料想到：天堂歲月銷磨了他的意志與決心，「大限」到時他還戀棧偷生、捨不得撒手；一文不名的殘生當然過得狼狽不堪，結局可想而知是一場悲劇——而且是毫無美感的悲劇了。

「食蓮人」的典故出自荷馬史詩《奧狄賽》：奧狄賽斯（也就是尤里西斯）在特洛伊戰後歸鄉的十年飄泊途中，經歷過各種妖魔鬼怪的劫掠與誘惑，其中有一處地方叫忘憂國，那裡的人吃蓮花的果實，不但可以忘憂，同時也把自己的家鄉和親人故舊全忘得乾乾淨淨。奧狄賽斯幸好沒吃，還把同行的人用鍊子綁住帶走，才能好不容易回到家與妻兒團聚。

毛姆筆下的卡普麗我也到過。初睹她的容顏，是從那不勒斯港口乘船往西南方航行一小時餘，海上漸漸出現一方高聳的海島，青蔥翠碧不似人間；靠近些看得見沿山美麗的白色小屋，車輛稀少空氣清新，眞像神話中的仙島。卡普麗對岸便是蘇連多，而 Sorrento 這個地名據說來自 Sirens ——金嗓海妖「賽倫」，正是同一篇神話裡的海中妖女，用迷人的歌聲誘惑航海人渴慕發狂，最後成爲她們的犧牲品。奥狄賽斯航經賽倫的海域時早有準備，把水手們的耳朵用蠟封住，自己則要求被緊緊縛在船桅上，親身體驗賽倫勾魂的魔力……。我卻想如果卡普麗便是食蓮者的忘憂島，距離賽倫的勢力範圍也未免太近了——奥狄賽斯飄泊十年，難道只是在那塊海域裡繞圈子？

在卡普麗的那幾天，我要不是四處尋幽訪勝，就是坐在旅館的陽台上看海景，或者泡在露天咖啡座上寫生；果眞像是在仙境裡過天堂歲月，可以想像有人會爲之流連忘返，不思歸家。有一天晚宴席上吃到朝鮮薊的「百合心」，食蓮人的故事自然在心頭浮現……其實忘憂豈是那般容易，忘情就更難了；即使將自己的過去忘得徹底，眼前又會有新的現實還是得面對——蓮花也不能永遠當飯吃啊。神話的寓言放置在神話的現場，卻變成一則返鄉的提示了。

巴黎的憂鬱

旅行是在心中帶著你思念的人，或者書，同行——書中的文字、書寫的人，總是在催促提醒你：旅行，爲的便是回到那人與書的地方去探訪、感受、印證……

因著一些人寫下的深深打動我的文字，到巴黎總喜歡走訪墓園——人雖已不在，看著碑石上的名字，想像曾經熾烈美好過的生命，對比寧靜清幽的墓園，旅人的心會沉寂而明澈起來。

多年前第一次去巴黎，繁華勝景固然要看，也一心念著找到拉雪茲神甫墓園——只爲那裡面埋藏了至少半個文化巴黎：巴爾札克、王爾德、莫里哀、拉方登、蕭邦、比才、鄧肯、莫地格里安尼……。我還憑弔了園裡的巴黎公社紀念碑：一八七一年五月，巴黎公社最後兩百名社員，在這堵牆前悲壯犧牲，牆上留下纍纍的彈孔。我也因而喜歡上希臘裔女歌手 Nana Mouskouri 唱的〈櫻桃時節〉（Le Temps des Cerises）——據說這首歌是當年巴黎公社社員們愛唱的，而五月天正是櫻桃時節。幾乎二十年過去了，我在巴黎街頭依然買得到她的CD，盒子上的照片依然與她的歌聲同樣甜美。時光的腳步在巴黎似乎也緩慢些。

時光在巴黎的墓園裡就更悠緩了。又是五月天，這次去了蒙帕拿斯墓園：進門不遠處就是沙特與西蒙・德・波娃的合葬墓。平躺在石板上的白色石槨，頭那端豎起同等寬度低矮的墓碑，整個就像一張石床。碑上再簡單也沒有的刻著四行字：**JEAN PAUL SARTRE**／1905-1980／**SIMONE DE BEAUVOIR**／1908-1986。靠碑處整整齊齊擺著一排小花盆；另有幾枝散放的花朵，長莖的紅玫瑰，我想是給波娃的。

一名東方女子手捧日文巴黎觀光手冊，走近用生硬的英語問我：德・波娃的墓在哪裡？我指指沙特的墓，她說不，她找的是波娃。我把兩手併攏比個手勢，說：「Together...」，她恍然大悟：「Together ?!」

極短暫的剎那，我在她臉上看到一抹近似悵然若失的神情。我和這名素不相識的女子，竟然有著同樣的想法嗎？——這樣的安葬，當然是波娃本人的意願了；可是爲著不知怎樣的一種惋惜心理，似乎總覺得像波娃這樣的女性，該有她自己的一方長眠之處……

瑪格麗特・莒哈絲當然是獨葬的。她也長眠在蒙帕拿斯墓園裡，比德・波娃晚來了十年。她的墓離波娃的才兩三條「街」；同樣是平躺的，但沒有立碑，名字和生卒年得靠近了俯視才看得見，所以朝向路的一端刻著大大的MD：她的姓名縮寫字母——好供人辨認吧。一小盆青翠的矮松放在頭端，其餘的花束和植物卻都已枯萎了。

我想著莒哈絲的《情人》——她那來自中國北方的情人呢？該是早已長眠在湄公河畔的土地下了。在她生命的最後時刻，可曾想到遙遠時空外的那人？

沒有了軀體，那樣的戀情會存寄在哪裡？比血肉身軀長久得多的存寄……答案，是文字嗎？

我來到波特萊爾的墓前。一百年前的舊式墓碑，高高的梯形，有隱隱青苔的漫漶。中央一塊大理石，上面先是刻著他繼父的名字 **Aupick** 和生平，其後才是他的，使我幾乎錯過。他母親死在四年之後，名字在他下方。詩人就被夾在他極不喜歡的繼父和愛恨交織的母親之間。

一大盆綠意盎然的植物，顯眼地擺在墓石的正當中，近旁卻有幾張用小石子壓著的紙片，看不清上面寫些什麼，會是獻給他的詩句嗎？波特萊爾有一本散文集《巴黎的憂鬱》，散文其實寫得也像詩。巴黎的憂鬱埋葬在這裡——「當生命中止時，永恆便開始了。」盛年自殺的日本作家芥川龍之介曾說過一句常被引用的名言：「人生比不上一行波特萊爾的詩。」

走在這些鐫刻的名字中間，我卻想著那位寫《蒙馬特遺書》的來自台灣的女作家——激烈的愛情令她在巴黎結束自己的生命。她又葬身在何處？當她的生命中止之際，那般激情難道能夠立即消渙於無形嗎？然而不消失又能怎樣——生命去後的世界就像墓園這樣寂靜了。

巴黎的墓園有古意也有詩意。美國新式墓園像公園，棺槨全在地底，小小的墓碑嵌在地上，遠遠什麼也看不出，只見碧草如茵；近看一塊塊碑石如冷漠的顏面仰望蒼天。死亡何必僞裝呢：無論怎樣顯現、隱藏或改裝，也還是不能再重現逝者，那些隨身俱滅的愛，深情的或者無望的，全都沒有分別了……惟餘他們書寫的文字，飄洋過海感動了一個不相干的人，讓這人再飄洋過海，來到一個春日的墓園裡尋覓、憑弔。

那一天的午夜時分，我來到鐵塔腳下。為慶祝千禧年，巴黎鐵塔在夜晚每小時表演一次燈光的饗宴：塔身從頂到底千萬盞燈火流竄閃爍，夜空矗立一柱壯麗的火樹銀花。我永遠也不會忘記如此璀璨華麗的景象。然而白天的墓園那份清幽還在心頭，鐵塔夜景的美竟然有些令人憂傷——不過世間美好的事物全都是這樣的。我只得再將一些景象、人物和話語，還有某種心情，一併收拾在行囊，帶著它們再一次飄洋過海回家了。

今夜星光燦爛

And when no hope was left inside
On that starry, starry night
You took your life as lovers often do
But I could have told you Vincent
This world was never meant for one as
Beautiful as you

—— Don McLean,〈Vincent〈Starry, Starry Night〉〉

在阿姆斯特丹轉飛機，有一整個下午的空檔。留在機場嫌太久，找朋友吧，時間卻又不夠——荷蘭的朋友都不住在這座城裡。口袋裡還有去年停經阿姆斯特丹時兌換的荷蘭盾，用來打幾通電話也好……可是，要找誰呢？

沒有再多遲疑，我把皮箱寄存在機場的鎖櫃裡，揹個輕便的背包搭火車進城；出了火車站，跳上標示著「美術館」的電車，就來到梵谷美術館了。

是個陽光和煦的初秋下午，美術館近旁的公園草地上不少人在散步遊嬉，難得長年陰霾的阿姆斯特丹，在九月底竟還有這麼個好天氣。算算距離第一次來這裡竟有十多年了，難怪印象早已模糊，新建的橢圓形畫廊也還沒見過。

好在時間充裕，租了錄音講解機，一幅幅畫前駐足細看，才更瞭解梵谷對窮苦不幸者深摯的同情——像那幅小茅屋，從窗戶裡透出的一點燈火，明燦而溫馨；黑如煤塊的馬鈴薯閃著飽滿的幽光，那是窮人的主食，畫家不厭其煩地畫了一幅又一幅；農婦樸素哀愁的臉，透出另一種剛毅的美麗……。他說：「我喜愛畫人像多過畫大教堂。人像眼睛裡有大教堂沒有的東西——人的靈魂。」他的那些自畫像啊，眼中有一個寂寞、羞怯而渴愛的靈魂。

第一間完全屬於自己的小室，畫家給它金黃陽光般的色調；狹小的床上置放兩只枕頭，顯示孤寂中對家和伴侶的渴望。與自己簡樸的草織椅相比之下，簡直可稱得上華麗舒適的

《高更的椅子》，畫得深情款款，他是多麼渴望著友情。以藍底襯托粉色花朵的《杏花枝頭》，是為他新生的姪子而畫——弟弟西奧的兒子也取名文森。我十多年前來時買的一張複印海報正是這幅，現在還掛在工作室的牆上。畫著嬌艷花朵的那一刻，畫家文森應當是快樂的吧，雖然生命之歌已快到尾聲了。法國南部秋天金黃的收成，雲雀像在歡快地唱歌，想必也令他快樂過。走到生命盡頭的時日，麥田上空飛過沉重的黑鴉，烈日煌煌無情，樹幹殘忍地扭曲著，教人不忍看下去……雖然那些頑強的筆觸、濃烈不可逼視的色彩是多麼動人。

最後去了上次來不及參觀的二樓資料館。在那裡可以見識到畫家感人的勤奮與認眞：不斷不懈的畫論閱讀、顏色實驗；各色絨線團用來分析色彩間雜的效果，木格架子則是規畫透視法線條……。謙沖的藝術者，虛心臨摹他人的作品，包括日本浮世繪版畫；重複的練習和實驗習作，顯示高度的自律——這絕不僅只是天才，而是一位敬業用功的天才。

離開了美術館，卻還是走不出梵谷的世界。沿著運河漫步，黃昏的河畔許許多多行人，說著世上幾十種語言，好似一個沒有國籍的城市。看見一座有如他畫中那種可以升起的小橋，但他畫的那座勾起鄉愁的橋是在法國。我最愛的那幅《星夜》也不在這而在紐約現代美術館——許多年前懷著近似朝聖般的心情去看的。文森・梵谷與阿姆斯特丹這個城市，其實並沒有什麼關連。

然而若不是爲了他，我走在這個城市的街頭做什麼呢？口袋裡不僅有零錢，還找出一張電話卡。可是要打給誰？上次來荷蘭，住在東邊小城的朋友，還特地細心寄來零錢給我打電話，可惜這位朋友根本不知道我今天會轉機路過。至於住在鄰近大城鹿特丹的荷蘭女友麗瑟……忽然記起來，她正是去年這時病逝的。時間過得這麼快，思之更感悽然。一個活生生的人，竟然就不在了。永遠不再。

獨自走著，心中念著此刻不知正在荷蘭哪一處地方的R，想到他告訴我，去年在這裡的一家咖啡店吸大麻的經驗。許多年前，我們還非常年輕的歲月，有段時期常一道去美國同學的party，席間總是沒有例外的傳遞著大麻菸捲。我們多半也會跟著大夥噴兩口，卻始終沒有特別的感覺——頂多就是視覺上感到微微光影的波動，時間變得似乎遲緩了些，人感到比較放鬆而已；並不比酒精的作用強。大概也正因爲如此，我倆誰也不曾對大麻像當時周遭同齡的人那麼感興趣，或者像另一些人那樣大驚小怪。

可是多年後一次旅中的偶爾好奇，卻讓他體驗到前所未有的暈眩與出神狀態，強烈到令他驚駭不安，這才恍然大悟：當年那些窮學生抽的「草」質太不夠純粹了，效果才會如此不同——但也可能是年齡的關係，身體承受力弱了，就像酒量。他提議我來荷蘭時不妨一試，到底這在阿姆斯特丹是太方便而尋常了。

是啊，曾經多麼希望能體會那種眼前景物光影波動起伏的暈眩感，也想過若能用文字甚或色彩捕捉下來該有多好……。是的，梵谷做到了。晚期畫中幾乎全是凝重的色彩的漩渦，星光在旋轉，大氣，夜色，草木，甚至陽光……轉啊轉啊，從他眼中看去，一切風景都在流轉，他如實畫出，不是靠大麻，是不幸的天譴——癲癇症帶來的暈眩視覺，卻在畫布上成就了動人心魄的奇異之美。

梵谷的病，若在今日服藥就能控制，根本不必進精神病院，更毋需絕望自殺。他其實還可以活上許多年，畫更多夏日和秋光下的田野，雲雀與小河，農婦和茅屋，以及火燄般綻放的花樹……當然還有燦麗無比的星夜。那樣用功的天才，那樣沒有必要的悲劇；三十七歲，才是他藝術生命盛年的開始而已，充滿人生一切的可能。但那時沒有人知道他，懂得他，除了西奧。西奧死在文森自殺之後半年，是放不下心吧，跟隨去了另一個世界，繼續照顧這個苦難的哥哥。

在這熱鬧的城市中心，我隨時可以走進一家咖啡店，像點一杯啤酒一樣點一枝捲好的大麻菸，去完成那當年錯過的感覺經驗，去體會目睹星座流轉的驚心動魄……。然而此時的我，已經完全沒有那份對純粹刺激的嚮往了。太遲了——我正處在與自己人生的一段時光告別的情緒裡。獨自沿著另一條安靜些的運河走，河水不疾不徐地流淌著，時間就如此流逝而去；年少時能夠體驗的，留待他日才嘗到的滋味自是不同，甚至已無滋味可言了——反之亦然。只是對前者不免有憾，而後者常是惘然。自己從少年時便喜歡梵谷，卻等到現在才慢慢懂得他，心境已不免帶些悲傷與蒼涼，這也是時間沉澱之後的覺悟了。

美國歌手 Don McLean 爲梵谷作的〈文森——星光燦爛的夜晚〉，一路縈繞耳際心頭。「Now I think I know/What you tried to say to me/How you suffered for your sanity/How you tried to set them free/They did not listen they're not listening still/Perhaps they never will...如今我想我懂了，你要對我說的是什麼，爲了你的清醒你承受了多少痛苦，你想要讓他們自由，然而他們始終不聽你的，或許他們永遠不會聽了……當內心已絕望，在那個星光燦爛的夜晚，你取走自己的生命就像愛人們常做的那樣，可是我要對你說，文森，這個世界，從來就不是爲著像你這樣美好的人的……」

我想如今我也懂了，可惜已經沒有太多的時間，從來就沒有過。阿姆斯特丹只是轉機路過的城市，今晚還要趕去歐洲西南端的另一個城市，那裡沒有運河，沒有大膽瑰麗令人目眩的色彩。這樣美麗的黃昏，今夜的星光一定燦爛無比，可是，文森，我卻已來不及見到了。

里斯本之夜

攤開歐洲地圖來看，五角形的法蘭西下方銜著一塊與她差不多大的方形土地——西班牙和葡萄牙兩國顫巍巍地朝西伸展出去，像一個包著頭巾的女子的側影：西班牙是那一大塊頭巾，飄揚在地中海的上方，葡萄牙則是瘦瘦窄窄半張小臉，面朝著大西洋，女子的鼻尖便是歐洲大陸的極西端。至於里斯本，這座傳說中是被尤里西斯發現的古老城市，卻是靠內陸一些，正好在鼻尖底下近鼻孔處，傍近一條大河。

一個初秋的下午，我去到歐陸極西點「岩角」（Cabo da Roca），荒涼的懸崖上海風獵獵狂吹，恍惚自己就是那個包著頭巾的女子，面對一望無際的灰藍色茫茫大洋，覺得置身舊世界的盡頭，地老天荒，隨時可以乘風而去了似的。

回到里斯本城裡已近黃昏。晚宴是在一間名叫「皇宮」，實為舊時首相府改裝成的餐廳舉行，用餐前眾賓客先到陽台上喝飯前酒。里斯本的緯度與紐約差不多，雖說夏天已過，白晝還算是長的，黃昏依然佇留遲遲不去。從陽台上眺望天際，好一片明燦又雅致的色調——葡萄牙的天空幾乎總是湛藍的，到了這個長日將近的薄暮時分，天色褪成淺淺的水藍，而那一塊塊映著淡淡霞光的雲，卻染成了帶點金黃的橙紅……

我靠著陽台的石砌闌干，忽然悟出一個道理，正好我的法國朋友斐立端著一杯香檳走過來，我對這位全世界都幾乎跑遍了的人說：「現在才明白，為什麼這兒的宮殿全是這兩個顏色：屋頂是天藍色，牆是鮭魚色。你看這時的天空，原來設計師用的是大自然的色彩！」斐立反問：「妳難道沒發現，大半個歐洲，從義大利直到聖彼得堡的宮殿，也全有這兩個顏色？」聖彼得堡？我沒聽錯，北國的漫漫長夏，黃昏時分當然也是如此絢麗的景象和色彩，設計師們怎會視而不見？

然而當夜色降下，再繽紛的顏色也得消失——色彩全讓位給聲音了。夜晚的里斯本充滿音樂，外地人尤其喜歡到酒館聽最富葡萄牙特色的民歌，Fado。

酒館的每張桌子都坐滿了人，多半啜飲著葡萄牙產的葡萄酒，低低的天花板下，滿溢著杯盞玳瑠人聲笑語間的期待氣氛。不一會就來了一名中年男歌手，唱 Fado 用的是不經修飾的喉音，時而高亢卻又略帶沙啞的歌聲，像是充滿激情的痛苦與哀傷。伴奏是十二根琴弦的葡萄牙吉他，繁急如同與歌者在追逐對話，又配合綿密得像歌聲的影子。迴旋而激越的唱腔，據說有早自六世紀阿拉伯和歐洲中古音樂的久遠影響。

二男一女唱完之後，最後一名出場的是當地最馳名的 Fado 女歌手。顯然她年華已老去，身軀臃腫，只有一頭往後梳緊的黑髮依然油光水滑。然而才一啓唇引喉出聲，我便再也不在意她的體態了……再唱下去，歌聲逐漸轉換了她的容貌，此時此際，只覺燈影燭光裡的這名女子，竟是充滿蒼涼的美麗，滄桑的魅惑。這些歌者所唱的內容，據說不外乎是詠嘆訴說宿命的悲情，其實根本不需通曉葡萄牙文、不需聽懂歌詞，那曲調節拍帶出的激越情感是毋需言詞詮釋的。或許正由於聽不懂歌詞，聽者才更能集中欣賞曲調與節拍。這類以奔放呈現美感的歌舞，往往是激情、狂喜與哀慟的表現並存，幾種強烈又互斥的情緒可以這樣的融爲一體，簡直不可思議卻又顯得理所當然——西班牙的佛朗明哥舞是這樣，阿根廷的探戈又何嘗不是，那般的全神貫注與忘我，皺著眉、半闔著眼，又像沉迷又像痛苦無比似的，全心全意地投入一種折磨肉體與靈魂的狂歡……

聽罷歌出門，聲音與鬧熱關在身後，穿著單薄夏裝的皮膚才感到些許秋意了。酒館外的小巷，令我無端想起有一年冬天，唯一的一次去澳門——那麼遠的地方，那麼許久之前，這裡的人竟然曾經去到過，甚至占有過……是些什麼樣的人呢，像這些唱 Fado 的人嗎？簡直不可思議。小街上還鋪著昔時的方形小石塊，看著美麗卻十分坎坷，穿著晚宴的高跟鞋走起來分外辛苦。夜深了，街巷裡的酒館卻依然熱鬧，從裡頭傳出來的歌聲，隔著一段距離聽，像世上其他人的離合悲歡，與自己並非全然無關痛癢，卻總是難以觸及捉摸了。

在歐洲大陸極西的終端，我就這樣度過了一個旋律歡快、而聲調悲愴的里斯本的夜晚。

翡冷翠的情人

他站在長廊盡頭的台座上——高大、潔白，俊美得令人爲之屛息。明燦而又柔和的燈光，從高高的穹頂流瀉而下，像一份來自上天的榮寵，照耀著他容光煥發的面孔；也灑布在他那看似柔潤、卻又充滿彈性的胴體肌膚上，投下了丘壑起伏的效果。

初次目睹他眞面目的人，在折服於他的俊美之前，都會震驚於他的高大——任是再精準的圖像和複製，也無法呈現出他君臨周遭的那份巍峨與立體之感。縱使見他之前作了充分的心理準備，一旦面對之際，還是需要調適——過往無數有關他的圖像與複製，都退隱成模糊的幻影；此時此地，只有面對眞身的驚喜與讚嘆。台座前那些仰望他的人們，多半也跟我一樣，專注而沉默，像處於一種震懾之後的失語狀態。

他卻無視於這一切。裸露的軀體，絲毫不羞怯地朝向著前方，全身的重心放在右腳上，左腳跨出一個優美的弧度；長著濃密鬈髮的頭顱轉向左方，雙目炯炯地凝視遠處的敵人……《舊約聖經‧撒母耳記》裡，藉由敵人的眼光這樣描述他：「非利士人見了大衛，就藐視他。因爲他年輕，面色光紅，容貌俊美。」

面對著巨人歌利亞的牧羊少年大衛，姿態整個是從容不迫的：右手垂在身側，掌心微微朝上；左手抬起靠近左肩，抓住甩石的彈弓——聖經裡說他是「用機弦甩石，打中非利士人的額」，我看到的「武器」卻只是極簡單的一條彈弓帶，從他的左肩繞過背後，長度正好讓右手掌握住另一端。渾身上下扎實的肌肉已近成年男子了，卻仍有著少年婉孌的體態；緊蹙的雙眉、銳利的目光，高挺的鼻梁下卻是細緻溫柔的嘴唇、微微凹陷的嘴角，幾乎像是下一刻就會綻出一朵微笑來。充滿張力的雙手握住彈弓帶，右手在比例上明顯的有些過大；而大敵當前，緊張戒備一觸即發之際，卻還是那般優雅從容的站姿……多麼不可思議的矛盾！

然而我願意欣然接受米開蘭基羅這樣呈現大衛，只因爲他的美說服了一切。

在通往大衛像的長廊兩側，還有四座米開蘭基羅的「囚徒」（或稱「奴隸」）——看似未完成的作品，人像的身軀有一半還陷在斧鑿斑斑的大石裡，彷彿正在竭力要從囚禁他的石頭中掙扎出來……是的，米開蘭基羅曾說過這樣的話：「每塊大理石中都藏有一個軀體，等待著藝術家把他帶出來。」

大衛就是這樣被「帶出來」的。據說他原是藏在一塊毫不出色、乏人問津的長方大理石裡，廢置許久竟被米開蘭基羅看中——囚禁在石中的人物，就被藝術家解放了出來：藝術家手中握著魔鑰，開啓了那扇石中門。當時的米開蘭基羅才二十九歲。而今少年大衛正好五百歲了，依然青春貌美。這尊雕像原先立在翡冷翠的市政廣場（Piazza della Signoria），日曬雨淋了三四百年，才在一八七三年搬進學院畫廊（Galleria dell'Accademia），當成極品呵護。

在學院畫廊的那條長廊上，我反覆思索大衛之美——爲什麼美的東西如此令人喜愛而愉悅，即使不具有任何實用性的功能？「美即是愛」，有人這樣說過。我同意，然而這個說法太抽象了些。或許可以這麼說：美的表現是一種善意。如此而已，卻已足夠了。

我從各個距離與角度細觀大衛，漸漸感到在他完美的男性肌體之外，另有一種孌童的柔婉，一份隱隱然近似女性的優雅……剎那間我方才恍然大悟：大衛超凡獨特的美，在於他是「雌雄同體」的！從理論上來說，最美的人體應該是兼具男性美與女性美，也就是陽剛與陰柔融於一身，但若眞付諸實現，很可能是怪異之感遠遠超過美感。奇妙的是：米開蘭基羅竟然做到了，他用大衛像證明了這樣的美是可能的！至此我才深信不疑有關米開蘭基羅是同性戀者的傳說：正因爲他是，才能這般深情塑造如此美好的、「雌雄同體」的男體——大衛是藝術家心目中的理想情人，他的美是超越性別的；他不屬於哪一種性別，他是所有願意感受美的人的情人。

過了一天，我帶著速寫簿來到市政廣場。原先立著「本尊」的地方現在是一座複製的分身（另一個分身矗立在阿挪〔Arno〕河南畔的米開蘭基羅廣場上），雖然日曬雨淋外加鴿糞薰染，依然不失高大俊美。不過日照到底及不上美術館的聚光燈，少了那份烘雲托月的榮寵，卻多了一份可親：站在他腳前與他合影的人幾乎沒有斷過。廣場旁的長廊上全是雕塑精品原件：虬髯怒目的赫丘力斯，高舉美杜沙頭顱的普修斯，三人一體、妙曼迴旋又張力十足的《莎賓女子的劫掠》（The Rape of the Sabine Women）……固然個個撼動人心，卻無一及得上大衛那般的吸引人。大半個下午，我一一爲他們畫素描，別的都尙能滿意，卻是大衛畫未能竟便頹然擱筆——米開蘭基羅的立體，我怎能捕捉到平面上？更何況由他的魔鑰釋放出來的生命，豈是我這樣的筆觸可以描繪得出的？

翡冷翠是個適合步行的城市。離市政廣場不遠，就是寶藏豐富的烏菲茲（Uffizi）美術館，然後就到了阿挪河畔，走上徐志摩〈翡冷翠的一夜〉詩裡提到的那座「三環洞的橋」……想到徐志摩把 Firenze 音譯成「翡冷翠」，眞是神來之筆。即使在文藝復興之前，翡冷翠早已是美景天成、人文薈萃的托斯坎尼（Tuscany）的重鎭了；托斯坎尼文明的前身，原是興盛於紀元前七到五世紀的埃楚斯坎（Etruscan）文明。翡冷翠的人，相信自身是埃楚斯坎人的後裔，具有他們祖先瘦削優美、輪廓分明的面貌的基因——就像波提切利的畫中人物那般典雅又深刻。大衛的原型，必然是翡冷翠的一名美少年吧。想來也唯有翡冷翠這樣的地方，可以作大衛永恆的家鄉。

花魂

每個人都說我到晚了，錯過了花季。

家住神戶的日本女友惠子，與我相偕去到京都時已是五月上旬，櫻花早已開過，路邊的櫻樹已是滿枝的新綠鮮碧了。惠子前個月才來過京都趕上「花見」賞櫻盛事，一路上爲我絮絮形容那滿城花團錦簇的美景，然而她的好意只有更提醒著我：此生又多添了一樁遺憾。

其實花還是有的：他們稱爲「唐菖蒲」的鳶尾花開得正盛，我們還特別去到太田神社，專爲看那一大片的孔雀藍紫──這也是日本的「國色」之一，像一片冷艷的火燄靜靜燃燒到天邊去，中間點綴無數金黃的閃閃星芒。杜鵑花也到處可見，尤其是金閣寺座落的水畔，嫣紅粉白的杜鵑成毬成叢地迸放著，像是理直氣壯地承接下了落櫻的諸色。

這時節一天裡總有幾個時辰細雨霏霏，非常的京都——京都不是細雨就是細雪，難怪草樹濃綠欲滴，苔蘚的蒼鬱滋潤是別處難以勝過的。

身在春雨京都，很自然地就想到谷崎潤一郎——那個耽溺到幾乎病態、卻又有著無比文字魅力的唯美派作家。他的長篇小說《細雪》，寫的是大阪富戶蒔岡一家四姊妹的生活與命運。在她們得天獨厚的最後太平歲月裡，依著季節的更迭，春日到京都賞櫻、秋日賞楓；姊妹們一個個嬌豔如花、衣錦盛妝，原本就無比風雅的賞心樂事，更因著她們的輕顰淺笑、離合悲歡，而讓人原宥了那份對美和奢華的耽溺。

《細雪》從五〇年代到八〇年代三度被搬上銀幕，以市川崑一九八三年拍的最爲華麗講究，人物、景色無一不刻意求美，加上幾十襲織金縷玉般的華貴和服，簡直是一場視覺的饗宴。六〇年代的玉女紅星吉永小百合飾演嫻雅端莊的三妹雪子，那年她已三十八歲，扮演花樣年華的待嫁女兒依然顯得青春嫵媚。電影拍得如詩如畫，第一次看到時的驚艷之感久久難忘。谷崎的文字凝止了一段永遠不再的古典時光，鋪陳留守在京都這個似乎沒有時間感的古城裡。

走在京都的大街小巷，時時都感受得到一種無所不在的、歷久彌新的文化氣息。我想這一部分要歸功於那些無所不在的海報吧：表演、展覽、演說、座談……各種名色的文藝活動節目，都由到處張貼的海報廣作宣揚。在祇園一帶逛了小半天，我已耳熟能詳哪裡的藝妓有公演，坂東玉三郎又要表演歌舞劇了可惜來不及看，前田青村在近代美術館有個特展正好趕上……啊，竟然還有一項「谷崎潤一郎與京都」特別展覽，展出作家的手稿、書信、相片、遺物等等，爲期一個月；重頭戲則是他的兒媳婦渡邊千萬子與一位文學教授的對談——顯然是配合她最近十分轟動的新書而安排的節目。

說起這本書連我都有所風聞：不久前，谷崎的媳婦出版了一本翁媳兩人之間的書信集《谷崎潤一郎——渡邊千萬子往覆書簡》，備受矚目，以致這位去世已三十多年的作家在文壇又掀起了一陣熱風。對於這位耽美頹廢派的一代文豪，尤其他晚年又寫過《瘋癲老人日記》這部極易引人「對號入座」的小說，人們多少有著難以壓抑的窺密欲望——會不會在這些書信的字裡行間，窺出一段翁媳之間的不倫之戀？或者至少像《瘋癲老人日記》裡寫的那樣，一個肉體衰老而情欲依然熾旺的老男人，對他媳婦懷有的性幻想？

細看海報上的日期，我不僅趕不上參加「對談」一睹女主角的丰姿，連展覽會都是在我走後一星期才開始。心想只好作罷了。

於是我和惠子繼續在祇園一帶閒逛，欣賞傳統屋舍建築和匆匆行過的盛妝小藝妓。走進一家藝妓屋改裝成的畫廊，那裡正在展售用舊和服的精緻腰帶縫製成的手袋錢包，我們看完才發現設計師本人也在，就坐下來與女主人、女藝術家品茗閒聊。不知怎地提到了《往覆書簡》這本書，女主人很熱心地告訴我們：渡邊千萬子還住京都，而且就在「哲學之道」上開有一家咖啡館，值得一訪。我和惠子本就計畫到那一帶走走，那附近還有一座以楓樹聞名的寺廟法然院，也是我們想去一遊之處。看來此行跟谷崎畢竟還是有緣！

惠子原先對谷崎的興趣並不大，可是到了這時卻已像在追蹤一個故事捨不得放手了。好在次日上午是個和美的晴天，正適合尋幽訪勝。「哲學之道」早年因鄰近京都大學，教授們愛在那兒散步沉思而得名，日後則以櫻花著名了。沿著運河，兩側小徑上密植櫻樹，春花燦麗時自當美不勝收，只是此時櫻花已盡落而楓紅尚遙，在腦中重構圖像得動用一點想像力才行。不過流水淙淙的小渠還是雅靜，櫻葉也好看，鋸齒狀的葉沿十分秀氣，嫩葉的顏色正是青春歲月之色。路邊的店家多半不是售賣手工藝品，就是和洋式吃食店，氣氛裝幀都還有一定的格調水準。

走到幾乎盡頭才看到千萬子的咖啡館，在一棟三層白色洋房的樓下，取的是法國名叫 Atelier de Cafe，裝潢布置也是法國情調，相當明亮寬敞。迎門櫃台上放置一疊書，便是《往覆書簡》了。我翻了翻，沒有作者簽名。向店員打聽女主人可在，答說她下午才會來。惠子當下便買了一本書，我倆點了咖啡，來到有水池和小瀑布的前庭，坐在遮陽傘下慢慢翻閱。

谷崎潤一郎生於一八八六年，這本書信集是從一九五一年他六十五歲到一九六五年去世為止，共收谷崎寫的二百零五封信簡，以及千萬子的回信八十八封。其實兩人並沒有在一起共同生活多久：谷崎長住熱海，千萬子在京都，所以交談都靠書信往返。

千萬子的外祖父是名畫家橋本關雪，她畢業於同志社大學文學系，論文題目是毛姆的小說研究；嫁給谷崎繼子時才二十出頭，據說對這位文豪家翁非常崇拜。有意思的是：到了後來情況卻反轉過來，變成老人對年輕兒媳的仰慕與精神上的依賴。在「谷崎潤一郎與京都」特展的海報上，摘錄谷崎晚年寫給千萬子一封信裡的幾句話，顯示了這份奇特的關係：「近來甚多（對我作品）的讚美令我不禁飄飄然，然而妳是唯一不吝給我批判和非難的人，還請繼續賜教……」據說谷崎確是非常尊重千萬子對他作品的意見與評價，幾乎到了言聽計從的地步。對一個稱不上是同行、並且小他幾十歲的人，大文豪會毫無保留地付出如此堅定的信任與依從，使得作為同是寫作者的我，感到不可思議極了。

我請惠子挑幾封有趣的信譯給我聽。有一封是谷崎央千萬子寄一幀近照給他，註明「要全身的」；另一信要她寄去腳樣，爲的是替她到香港訂做繡花鞋，這雙腳樣就被他留下了，書裡有印出來——不禁令人想到《瘋癲老人日記》裡的主角卯木迷戀媳婦颯子的腳——當然，谷崎原本就有拜腳狂，在他早年的小說中就看得出來。還有爲著她穿緊褲子好看，谷崎的一位畫家朋友棟方志功，爲穿七分褲、手拈一朵大麗花的千萬子作了一幅版畫（海報也採用了）；有一幀翁媳兩人的合照，正坐在那幅版畫之下，白髮紅顏的對比非常強烈，谷崎卻顯然很喜歡，寫信告訴她：「若有人說妳不美，讓他看這照片！」這些言行若出自常人可能驚世駭俗，但想到是寫《鍵》、《癡人之愛》、《春琴抄》、《瘋癲老人日記》的谷崎潤一郎，也就不足爲怪了——甚至還算相當「發乎情止乎禮」，窺密者可能會有些失望呢。

卻是有一封谷崎死前三年寫的信引起我們好奇：他委託千萬子捐十萬日圓給京都法然院；這在當時是很大一筆數目，爲什麼這麼做，而且要通過她？這使得我倆對法然院更有興趣了，決定吃過午餐就去參觀。

我們不想在這家店裡吃洋式糕點，於是找到哲學之道上一家素樸的日式小店。老闆娘人很和氣，惠子便隨意問她可認識渡邊千萬子，巧的是這位老闆娘竟在千萬子的咖啡店裡打過工，告訴我們渡邊女士人很和氣，外貌保養得很不錯，常去學跳正規交際舞云云……看來她在這一帶也算是個名人了。

打聽一下路徑，原來法然院就在後面山坡上，不用幾分鐘就走到了。午後的寺院幾乎沒有遊客，非常幽靜。這裡以楓著名，春天的楓樹上全是初葉；最可愛的是葉子頂端那些小小的種籽囊，或粉或白，帶著翅膀有如小螺旋槳，隨風飛颺在空中，找尋合適的土地散播延續生命。我被這些小翅膀迷住了，看得出神之際，惠子已與掃院人攀談起來，才得知一樁重要的訊息：谷崎潤一郎的墓就在這寺院裡！

一時之間眞有誤打誤撞、得來全不費工夫的僥倖之感。難怪谷崎死前三年捐贈巨款給法然院，原來如此！

在掃院人指引下我們很快就找到墓地，是谷崎和渡邊兩個家族並列。說來有些複雜：千萬子的丈夫清治是谷崎沒有血緣關係的繼子，後來清治又被過繼給谷崎的姊妹渡邊，所以媳婦跟著夫君姓渡邊而非谷崎。兩家的兩方墓碑都是谷崎題的字：一為「空」、一為「寂」；他自己葬在「寂」那一邊，一株櫻樹之下。墓碑是未經打磨、形態拙樸自然的大石，頗不落俗套。站在墓旁，便可俯視千萬子那幢三層樓白色洋房——果然正如谷崎生前寫過的：死後要葬在京都，守在千萬子身邊。

出了法然院、走下山坡，我倆又走回到咖啡館，然而女主人還未來，也不知幾時才會到。我們決定不等她了。對談要在十天之後才舉行，我是趕不上了，縱使趕上也聽不懂，若是只爲看那位女主角……或許不看也罷，她現今該是谷崎當年開始寫信的那個年紀了。再過若干年，她豈不是也要到法然院去，永眠在那塊「空」字碑下，「寂」字碑旁？到了那時，谷崎若是有知，才當心滿意足了吧。

那晚在下榻的日式旅館房間裡，吃過精緻又道地的時令料理，我與惠子兩人飲盡一大竹筒的清酒，微醺中她倚几捧著《往覆書簡》讀得津津有味，我卻漫漫想著這一天的際遇：冥冥中與一位作家的魂靈打了個照面，卻與他的繆司緣慳一面……

花季過去，日本人把櫻花瓣醃漬起來做成吃食，殷紅如染如醉，陳列在瓷碟中另有一種淒艷，我卻難以入口腹。櫻花的這份美是作爲觀賞的，美在須臾空寂，若是愛到把花吃下去，成爲自己肉體的一部分，豈不是有些病態了？不免又想到谷崎作品裡的病態之美：衰朽的肉體，熾旺的創作生命力——癡人之愛，他愛的其實就是生命本身吧。肉體之美，正也是美在那是盛載活生生的生命之容器啊。

離開京都之後我便去了北海道——北上不是爲了追花，雖然札幌還有櫻花，卻已是零落分散，完全沒有那花季的氣氛了。去北國應是冬日賞雪，我去得更不是時候了。風花雪月，怎地總是不合時宜呢——或許，這就有點像一樁出現在生命中錯誤時段的戀情吧。

身外之物

旅行時該帶什麼、不帶什麼，常出門的人，心中都有一個譜。

我自己就是從最難忘的經驗教訓中，汲取出打點行裝的兩大原則：第一，行李以自己一個人搬得動爲限，同時儘可能不付諸託運。第二，不帶遺失了就無可取代的貴重物品——除非是絕對非帶不可的，譬如小孩、護照之類的人或物。

很多年前，自己還算不上資深旅行者的時候，爲著貪圖「賓至如歸」的舒適與方便，恨不得日用家當悉數隨行。其後經歷了寸步難移和遺失託運行李的教訓，加上對旅行哲學有了基本的覺悟——旅行，正是要有別於家居的篤定平淡，正是要體驗甚至享受那份脫離常規慣例的不適與不便……我才痛改前非，學會輕裝上路。近年來更發現隨著旅行的資歷愈增，行囊中非帶不可之物就愈減了。

當然，所謂「非帶不可」的標準是因人而異的；一般人視爲一文不値的廢物，對某一個人卻很可能是無從取代的寶貝。譬如前年在法國我的皮包被竊，裡面有護照和信用卡，遺失了固然是令人頭痛萬分的旅途災難，事情過去也就罷了，卻是記事本也一併遭劫，對我才是更嚴重的失落——那等於是永遠喪失了一段記憶的紀錄。

筆記本兼速寫簿，我絕對是非帶不可的——實在想不出，除了文字與圖像還能有其他凝固記憶的方式了。讀物亦屬必備之列，有些是平常沒有足夠時間或心情看的書；更可能是些與此行有關，或者僅只是引起聯想的文字。也常帶上一疊看完可扔的雜誌，打發候機等車的無聊時光之餘，還能享受一路負擔減輕的美好感覺。矛盾的是我也愛在旅途中買書，沒有比當地舊圖書更親切地道的旅遊紀念品了，就算是看不懂的文字也好——好在那份陌生獨特的異國情趣。

另一樣純屬個人喜好的必備之物是泳衣——作爲一名每天都想要游泳的旅人，我決不輕易放棄旅途中下水的機會。愈是偏遠之地，游泳的場地才愈有趣；隨身攜帶泳衣方能有備無憾，即使目的地是沙漠也不死心——我去以色列就慶幸帶上了泳衣，才有幸體驗泅泳在死海中的不沉之感。

曾在《舊金山紀事報》寫了好些年的旅行專欄作者約翰・弗林，也開過一份非帶不可、且又輕便易攜之物的清單，其中有幾項確具眞知灼見，不愧是職業旅行家：

耳塞——不要小覷此物，任何地方都可能用得著。旅中被吵到失眠，會讓旅人了無生趣，遑論遊玩。

可蘭經——在伊斯蘭國度有冰釋誤會、消解敵意的功效。今後若有中東之旅，我會帶上一本作爲隨身讀物，一舉兩得。

可愛小孩的照片——這是人類共通語言，在許多狀況下也可能發揮意想不到的奇妙作用。我自己是家人照片一定帶在身上，爲著解旅中思念之苦，倒是不曾想到過其他功用——說不定會是一個短篇小說的題材呢。

小禮物——在第三世界國家旅行特別有用，無論是減輕麻煩或者增進友善。我個人的經驗是在埃及，到處有人向觀光客討筆，說是家中的孩子需要寫功課；小孩更是直截了當的要求，令人心疼。那時我眞希望自己隨身帶著成打的圓珠筆。

透明膠帶——最輕便的萬能工具，從衣服到鈔票都可以修補。尤其是有些貧窮國家的舊爛紙鈔，不補簡直不能用。

橡皮門墊——最輕便的人身安全保障，別人從門外即使有鑰匙也推不進來。這件小東西我也從未想過，想來極有道理。

最後一項是可裝卸的汽車安全帶——聽起來很奇怪，但確是值得信服的經驗之談。我發現愈是在開車如玩命的國度，駕駛員和乘客們愈是沒有繫安全帶的習慣——或者根本就沒有這樣東西。我的同感來自印度之旅：坐在不能綁安全帶的小轎車裡，疾駛在新德里與齋普爾之間的公路上，四面八方是橫衝直撞的行人、機車、貓狗、馬羊、聖牛、駱駝、大象，迎面衝來的則是裡裡外外掛滿人與貨的大卡車……我幾乎每分鐘都在體會千鈞一髮的驚魂滋味。這位善心勸世的專欄作者，想必也是在類似狀況下省悟安全帶實屬必要，足以救命。

從自身的痛苦經驗中學到足以與人分享的教訓，我倒是可以提供一樁：行前做好一份護照影印複本，放在另一件行囊裡。同理，帶兩張不同戶頭的信用卡，也是分放兩處，出門上街只帶其一。我若是早有此準備，在法國遺失皮包就不會那麼狼狽了。經此一役，才知道自己還不夠資格躋身資深旅行者之列呢。

資深與否，行者總還是希望自己僕僕風塵之餘尚有可觀之貌。西方社會公認：每位仕女衣櫥中必不可少的行頭是一件 little black dress 黑色小洋裝，我認爲旅中尤然。如果只准許我攜帶一件裙裝旅行，我會選一件合身舒適、易洗快乾、不縐不縮、裙長適中的黑色洋裝，因爲這是一件「百搭」衣：穿雙平底便鞋可以尋幽訪勝，圍上一條花梢的絲巾可以逛街喝下午茶，換上高跟鞋、佩戴一兩件高雅的首飾，也能進燭光晚餐、聽音樂會……。想像力豐富一點：若逢上有婚禮喪禮，也全都可以應付而不致失儀。

細數下來，其實這些林林總總也全是身外之物。眞要輕鬆出門瀟灑遨遊，最好是身無長物，沿途也不必添購；雲煙過眼，滿載難忘記憶而歸，才是旅中眞諦。

只因為水在那兒

游泳，是我每日必行之事。出門旅行，縱使要去的地方可能連洗澡都會成問題，行李箱中也還是備有一件泳裝，以防萬一；因爲遇到過在最意想不到的地方游泳的經驗，帶著泳衣才能有備無憾——見好水而不得下，對一個泳者自是憾事一樁。

無論去到哪裡，住進旅館安頓下來總是先找游泳池。有個稱心的游泳之處，會讓我對新地方增添好感。日本許多高級旅館，住客使用游泳池也要收費，非常不合理，但我多半還是忍痛繳錢照游不誤。見水就下，有池便游；正如登山者被問到爲什麼要爬一座又一座的山，回答是「只因爲山在那兒。」泳者也一樣：「只因爲水在那兒。」

那年去以色列，人家都說到沙漠帶泳裝實在多此一舉，幸而我不聽人言還是帶了。住在加利利海畔的提伯利亞那幾天，我每天從旅館過街，到對面一家健身俱樂部游泳，還結識了一位當地的朋友。其實我最想的是在加利利海裡游泳——那片水上有許多聖經故事，對於我可是西洋文學的一處源頭紀念地；事實上加利利海只是一個大湖，寧謐而潔淨。可惜的是根本找不到下水處，更看不見任何人在從事水上運動，只得望「海」興嘆了。

最慶幸的是去死海玩的那一次，手提包裡帶了泳衣，才得以全身下水。人在死海中只能仰泳不能俯泳，基本上是漂浮，其實不能稱作游泳。有幸在死海體會了身如浮游物不沉的感覺，多虧隨身攜帶的泳衣。

去義大利海中仙島卡普麗，泳裝當然是必備的，也在旅館羅馬式的泳池裡游了個過癮。可是乘船到最美麗的「藍洞」（Grotta Azurra）去玩時卻缺乏先見之明，沒有把泳衣穿在身上；眼看周遭是今生僅見的最清澈湛藍的水，卻不能跳下去游上一圈，實在太遺憾了！有一部一九六〇年的美國愛情喜劇片叫《It Started in Naples》，中譯名不清楚，男女主角是克拉克蓋博和蘇菲亞羅蘭；蓋博當時年紀不小了，作羅蘭的老爸綽綽有餘。電影無甚可觀，倒是風景極美，片名雖是 Naples（拿坡里），其實故事都在卡普麗進行，有一幕就是蘇菲亞羅蘭在「藍洞」裡游泳，羨煞人也。

所以泳裝不但要帶，有些地方還得穿在身上才算——藍洞裡或許不歡迎遊客下水，但並無明文禁令；我若是有備而去，冷不防脫下外衣從小船跳下水去，大不了被喝令游回船上吧。而我心願既達，就算被數落一頓也值得啊。想到去卡普麗道阻且長，轉車乘船非常之麻煩，重遊的可能性極小——泳者的遺憾又多添了一樁！

若問我最愛的水域，首選當是夏威夷群島的珊瑚礁。每當戴上潛水鏡，看到多采多姿的熱帶魚在四周悠游，就覺得到了天堂，自己也變成了一尾魚，可以體會魚之樂了。其實說來難以置信，類似的景象，早在三十年前便已見過了——那時我還不會游泳而且非常怕水，卻糊里糊塗地跟著一個善泳的男孩去到台灣北部海濱，讓他說服我戴上潛水鏡，戰戰兢兢地走進水裡……才幾步之遙，我便走進了另一個世界：生平第一遭，我在那淺澈的水底看到了珊瑚礁，燦麗的陽光照下來，色彩繽紛的熱帶魚穿梭其間，美得像夢景，令我目眩神迷。多年後向人提起，卻沒有一個人相信我的話——相信台灣有過那樣的地方。到後來簡直連自己也要疑惑起來：會不會眞的只是夢中的幻象？

有的泳池以景觀取勝，游泳竟在其次了。上一回去巴黎，住的是一家並不豪華的酒店，卻驚喜地發現可以看著鐵塔游泳；換個角度泡在漩渦熱水池裡，則可以欣賞聖心教堂。害得我一天至少早晚各游一次，日景夜景都不想錯過。台北遠企飯店頂樓有全市最高的泳池，可以遠眺敦化南北路的林蔭道，景觀也還眞不錯。

最近的泳池景觀經驗是在上海。很多年沒有去上海了，打點行李時裡還在懷疑會不會有游泳的機會。沒想到在上海的那幾天，每個清晨都在住宿的酒店裡游個過癮。室內游泳池以酒店標準來說算是很大的，水溫也適中，可是往往只有我一個泳者。泳池的一端面對一扇落地大玻璃窗，窗外隔著陽台正對著酒店的高樓，由於那一面也全是玻璃窗，角度又有些偏差，正好像一面大鏡子，反映出我本看不見的泳池這幢樓斜後方的景觀。

從「鏡子」裡看過去，那個方向有一幢暗紅瓦、灰白牆的西班牙式建築，嵌著拱形頂的門窗，很有幾分地中海情調。若是只看著它，一時眞有不知身在世上哪一處之感。西班牙式建築的後面矗立著一幢新穎的、從八〇年代開始到處流行的所謂「後現代式」的高樓，側面卻是那種呆板平庸、毫無特色可言的貼瓷磚低樓房，就如同台北在「經濟起飛」年代建得最多的雨後蘑菇。過了這片鏡中倒影，還能看得見「上海展覽館」的一角。

「上海展覽館」是一幢結合了希臘式門面和哥德式尖塔、風格與功能都難以歸類的舊建築，多半又是建國初期的蘇聯形式遺物；此時站在周遭新屹的樓廈之間，有一份明顯的孤單與落寞。它最早的名稱是「中蘇友好館」，頂上有顆五角紅星，可以想像在沒落前曾經非常威風燦爛過。二十多年前我初次來到上海時，也曾進去參觀過，在當時沒有多少去處的上海，那是一處必遊之點，可是看到些什麼已記不清了。

忽然省悟：就在那一方窗框裡，竟然呈現展示了半個世紀下來，非常具有代表性的幾座上海建築物。

鏡中的景象，建築是凝止的，卻是有一群鴿子，數十隻之多吧，不斷繞著那幢西班牙式樓房飛啊飛的，我來回游了幾十趟，牠們還不停歇。繞圈子的鴿群，飛了半天，其實哪裡也去不成，究竟所爲何來呢？我漫漫想著，忽然失笑：自己不也是一圈一圈地來回游泳嗎？如果鴿子們會思想，看著這個在水裡來來回回的人類，恐怕也會覺得我的活動很乏味吧。

我每天游泳的泳池是室外露天的，長年保持恆溫。冬天走出更衣室冷得打哆嗦，下了水卻暖如浴缸；暑天反倒會感到水涼徹骨。習慣游泳的人比較不怕冷水，反而不喜在舒適的溫水中游泳。水溫夠高，初下水時固然沒有痛苦，但游一陣就會有窒悶之感；水溫偏低，若能忍受那短暫的肌骨之寒，過一會就感到十分自在了。每當跳進冷水凍得打顫時，我就想到這些體會，像是若有所悟卻又算不上什麼哲理——有道是仁者樂山智者樂水，我之樂水看來與是否智者完全無關。

我相信游泳是孤獨者的理想運動，不像打球要找伴，還得在時間、技藝和個性上彼此配合。習慣跑步的朋友不服氣，說他們的運動更理想，連泳池都不需要，抬起腳就可以開跑。可是游泳最美好的是水中另是一處天地：除了太空，只有在水裡可以體會「失重」的飄浮狀態；也只有在水底，地上的聲音被水隔絕了，一個人可以獲得全然的寧靜。就像電影《悲憐上帝的女兒》（Children of a Lesser God），男主角愛上了一位聾女，為了感受她的全然寂靜的世界，特地坐到游泳池的水底下去……

美國小說家約翰・契佛（John Cheever）的著名短篇〈泳者〉（The Swimmer），是我最喜歡的短篇小說之一。寫的是一個中年男子，有一天下午一時興起，沿著人家後院的一個個泳池一路游回家去，最後卻發現家園荒蕪，家人早已不在了；日暮途窮，他這才恍然大悟：自己竟在半天裡「游」完了一截悲涼的人生。這是一篇隱喻性很強的故事，不過游泳游到這樣的地步，也未免太悽慘了。

有時我游著游著，不禁會想：自己來回不斷繞圈子，多少年下來划行了多少里路，卻又能游到何方去？或許終有一天，我會到達的，將是一己的內心世界的彼岸吧。

廢墟上的花朵

愛啊，讓我們以誠相待！
我們眼前的世界雖像夢土
一般多彩，一般美麗，一般新奇
其實既無歡，亦無愛，也無光，
無定，無安，無法止痛；
我們有如置身在黑暗曠野
遍布掙扎與逃竄的慌亂驚恐，
愚蠢的軍隊夜晚相撞的地方。
——馬修・阿諾德，〈多佛海灘〉

朱達和克麗絲的婚禮訂在十月初，正是美國東部秋高氣爽的好時節。將近一年前，這對年輕人就定下了這個日子，當時怎會料想得到：三個多星期前，也就是九月十一號，距離巴爾地摩城不算遠的紐約市和鄰近的華盛頓，竟發生了那樣的彌天大災難。遠居海外的人眼看是來不成了，就是住西海岸的親友也猶豫不決：去，還是不去？甚至還有人暗暗擔心：婚禮日期會不會順延呢？

婚禮還是如期舉行了，我們也還是飛越美洲大陸去參加了。朱達是我們二十年的摯友艾里和東妮的獨子，這些年來眼看他長大成人，說什麼也不能錯過他人生裡最美好的大事。還有……也為著長久以來，一直隱埋在心中的一份懸念與祝願。

那些天很少人乘坐飛機，舊金山機場並不擁擠，然而登機前的搜身和隨身行李檢查關口卻大排長龍。身穿迷彩戰衣、手執機槍的軍人屹立一旁，氣氛肅殺；這般陣仗不要說美國，在世界其他地方也不慣見。赴一場喜宴竟像涉一程未知的險途，心理上一時調適不過來的怪異之感，如同置身電影之類的虛擬場景中；我得提醒自己：這其實是難以置信的眞實人生。

婚禮在巴爾地摩城最負文化盛名的的 George Peabody 音樂學院圖書館舉行，因為新郎新娘都是耶魯大學音樂系的畢業生，而朱達就在 Peabody 的研究所深造。另外一個原因，我猜想，兩位新人來自完全不同的宗教背景，一個沒有絲毫宗教色彩的地點，想來當是最穩妥的選擇吧。

步入禮堂，我就知道他們的選擇是多麼睿智。這是一處不同凡俗的、格調優美而又莊重肅穆的地方；鋪著大理石的大堂典雅氣派，遠遠的三面樓牆上全是一排排書架幾乎看不到盡頭，琴聲在這裡聽起來格外悠揚。置身其間，即刻就感受到音韻與書香。

果然，整個婚禮儀式就像是一場音樂與文學的饗宴，交織著愛的誓言：Janacek，Britten，巴哈，舒曼，孟德爾松的樂曲，有演奏，有吟唱，表演者全是才華洋溢的漂亮年輕人，想來都是新人的同學吧。兩首朗誦詩是華茲華斯和里爾克的名篇，也是他倆對生命和彼此的期許與承諾的頌詞。

主婚者是一位教士，但他的角色看起來更像典禮儀式的主持人：沒有訓示，更沒有一句話提及宗教或任何「神」的名字。這對新人各自的家族有各自的宗教，若處在另一個時空，他倆何嘗沒有可能演出羅密歐與茱麗葉的悲劇……所幸他們身在此時此地；愛與寬容，讓他們超越了現世上最難超越的巨大鴻溝；圓滿的結果，便是這場我所參加過的最美麗的婚禮。

在彼此交換誓言之前，新人邀請每一位來賓都付出一份承諾——教士問眾人：「您是否願意繼續堅守您對朱達和克麗絲的支持與愛，在順境中與他們同歡，在逆境時提供您的智慧與鼓勵？」兩百個溫柔又肯定的聲音一同響起：「我願意。」

儀式之後是精美雅緻的晚宴，仍在同一座大堂裡，禮壇與觀禮座椅撤走，換成數十張鋪陳鮮花與燭光的餐桌。菜餚選擇的多樣，足以照顧到全場來自不同地域和文化的賓客。

餐後是跳舞——年輕人和他們的朋友以及父祖輩可以執手同歡的機會。四名音樂師組成的小樂隊有個十分爵士樂情調的名字，演奏的舞曲也看得出新人的周到：兩代甚至三代人的品味都兼顧到了——華爾滋，爵士，**Ragtime** ，從三〇到八〇年代，華麗的、歡快的、纏綿的音樂，快樂的新人……美好如夢的夜晚。

在溫柔的旋律裡輕輕滑舞，我心中滿是喜悅與悲傷交織的情緒。

前一晚至親密友的晚宴中，兩位新人的父親先後放映幻燈片，「介紹」自己的孩子讓對方親友認識——同時也趁此把自己與孩子的這段人生作一次回顧吧。先是新娘的父親，用幾十張幻燈片呈現了時間的魔術，如何將一個小女嬰轉眼間變成今天的亭亭玉立。接著是艾里——這麼多年來，這是破天荒第一遭，見他上台放幻燈片講的不是學術報告，而是道出自家的親密檔案。看著朱達從初生到長成今天的模樣，四分之一個世紀說短不短說長也不算長，這樣一段時光，竟能把一個渾沌無知的小嬰兒造就成一名有思想有專長的成人……

然而朱達童年的好友，與他年齡只相差一個月不到的我的長子，今晚是不能出席了。我也已經知道將不會看見他現身在銀幕上。艾里和東妮早先就體貼地告訴過我：爲了怕引起太多感觸，幾經考慮，他們決定還是不用有我兒子出現的照片——那的確是「割愛」啊，因爲有那麼多幀他倆的童年合影，那些照片記錄了朱達成長人生中難以分割的一部分。

縱使沒有映在銀幕上，每一張照片的影像仍然清晰歷歷如在眼前，我不會忘記兩個小男孩天使般純眞可愛的笑靨……如果其後一樁變故不曾發生，那麼——我的孩子，或許會是伴郎群中的一名，今晚一定也正在歡快地起舞……

我的眼光在跳舞的人叢中尋到了東妮，她正與艾里緊緊相擁，含笑緩緩踩著舞步，任誰看她都是最快樂驕傲的新郎的母親。然而有幾個人會知道，在那嬌小的軀體裡，負載了多少歷史與個人的焦慮？

才是幾天前，我收到東妮寄來的一篇文章，寫的是她對故土上戰亂的記憶。她幼年隨雙親從東歐遷到新成立的以色列，成長的歲月卻是戰爭連年的日子。「無常」是終她一生無法擺脫的陰影，她時時刻刻活在瀰天大禍隨時會爆發、至愛親人隨時會失去的恐懼中。她和艾里無法認同那塊土地上永無休止的爭鬥，於是來到這片世人咸認是太平安樂的國度。然而昔日的夢魘如影隨形，她逃離不開記憶——以及記憶啓示的可能的未來。這是將近二十年前，她寫下的如預言般的句子，上個月的災難促使她找出那篇舊作寄給我讀，她知道我會懂得——

初來到美國的三年裡，我們住在波士頓。每天早晨，我乘車經過查理士河畔；藍天麗日下，草木扶疏，清澈的河水閃閃發光，哈佛和雷克利夫學院的師生們談笑走過。周遭是這般美好，然而我心中時時懷著大難將臨的怖懼，壓得我難以透氣。我的眼前常浮現清晰可見的景象：炸彈從天而降，瞬間把橋炸毀，行人血肉橫飛，河上飄流著屍體……

文章的篇末，她引用了馬修．阿諾德的詩〈多佛海灘〉作爲結束。

我讀著，感到巨大的震撼，有如面對希臘神話中有預知能力的卡珊德拉。九月的悲劇就像是證實了她的預言——歷歷如繪，只是規模擴大了無數倍，在兩百英里之外的另一個城市。

晚宴席上，來自紐約的女客對我說：「我家住在離『瓦礫場』北邊兩英里的地方，你不能想像那灰塵、那氣味何等濃烈……快一個月了，那氣味仍然無所不在，那是——死亡的氣息啊……」

美酒佳肴、言笑晏晏的桌上，頓時有瞬間的沉寂——眾人屏息。我環視周遭的賓客：全是新郎的父執輩，全是音樂界或者醫學界的德高望重之士，個個文雅謙和，看得出他們發自內在的教養。但誰又能看見，在每一張溫和微笑的臉下，一顆心曾經如何受傷過？每一個人，在他的背上，都揹負了多少卸不下的過去？

艾里和東妮來自的國度，是爲一個流離失所的民族建立的，不幸卻建立在迫使另一個民族流離失所的困境上。她的祖國「復國」了，然而正如一位她的祖國的詩人阿密柴所說：「耶路撒冷是開刀後未縫合的傷口，它永不痊癒……耶路撒冷建在由持續哀號爲地基的圓拱上……。」

至於那些被驅逐出自己家園的巴勒斯坦人呢？——住在全世界規模最大、歷史最久的難民營裡，沒有國、沒有家、沒有希望。作爲這個難民民族的代言人，巴勒斯坦詩人達維希寫下：

我的國家是個旅行的睡袋，旅行睡袋則是我的國度／既無台階，復無壁牆／四周皆彈火與大雨飛降……我的腳下沒有土地，可以選擇任何死亡／沒有天空，圍繞我的四周……而你能企求什麼？你只不過一個幻夢走向另一個幻夢……這旅程何其之短，而我思我想多麼大而無邊／這個國又如何的渺茫。

生長在承平歲月中的我，對於東妮時時刻刻活在戰爭陰影中的恐懼，早些年一直無法理解，甚至暗暗覺得她太神經質了，簡直是杞人憂天。直到一個晴朗的春天傍晚，毫無預警的、突然頃刻之間，無常的災難襲擊我的人生，就像彈火一樣，把我傷得支離破碎。早在我來參加她的兒子婚禮的十二年前，她已經參加過我的兒子的葬禮了。兩個幼時手牽手遊嬉、長大了些肩並肩彈鋼琴的玩伴，竟成了同齡卻不同命的孩子——今晚，一個在東岸大西洋畔的音樂圖書館裡歡慶他的婚禮，另一個，安詳長眠在西岸太平洋邊的一片青草地下，永不知悉這世間又發生了多少悲劇。

自那之後，我才懂得了東妮。我也知道，在她原有的憂慮恐懼之上，又增添了一樁。我自身的創痛，亦如發生在這世間遠遠近近的悲劇，是切開之後永難縫合的傷口。悲愴的記憶，不測的世事……我們都是創傷纍纍的一代。環視周遭我的同輩或長者，這些在溫柔的燭光和舞曲中優雅談笑的人，哪個沒有歷盡滄桑、百孔千瘡的人生呢？

幸而年輕的新人笑靨上看不出陰影。或許我們背上的苦難還沒來得及傳遞過去——因爲他們年輕，對苦難是免疫的，還是他們對自己面臨的危機四伏的世界仍然有著足夠的信心？放下妳的憂懼吧，我在心中默默告訴東妮，至少，在今天這樣美好的慶典中，我們都可以暫時放下。我們祝福妳，無論這份誠摯的祝願在這巨創猶新的世界上顯得如何渺茫——看看朱達與克麗絲吧，他們對未來充滿希望，這是何等的安慰與許諾。

至少我們共同擁有音樂與詩，美好如廢墟上的花朵。今晚，我們在廢墟相擁翩翩起舞，如絕望中的救贖。

註：文中所引達維希和阿密柴的詩句，摘自南方朔先生的譯文。（見南著《給自己一首詩》，大田出版，2001。）

夢浮橋

孤心已飄遠，棄離浮世憂。
浮舟雖遙去，未辨俗岸徑。
——《源氏物語》和歌

又來到京都了，然而「春已非昔春」——去歲來時雖然錯過了花季，在霏霏細雨中還感受得到些許春寒，今年晚了十幾天已逢上暮春，竟有初夏的景況了。講究節令陳設的料理亭，伴隨食物端上桌來的點綴花木已是唐菖蒲與竹葉，清酒也是盛在冰凍竹筒裡的冷酒，季候的嬗遞浮現在這些纖巧的細節上。

此行又是匆匆去來，原先並未刻意要尋訪些什麼人物地方，然而浮世難料，萍水聚散往往總是在不經意間。

上路之前，行囊裡放一部平裝本《源氏物語》，旅次中一有閒空就捧起來讀上幾段。說也奇怪，似乎因這緣故，一路幾乎處處逢「源」——總是遇見跟這本書有關的事物；全是無心的偶遇，串接起來卻像一份宿緣。

我們下榻處是一家雅靜的日式旅館，從建築風格、裝飾布置到待客之道都非常傳統——據說現任少東主已是第四代了。穿著初夏輕簡和式服裝的女侍，親切又恭謹地延我們入接待間奉上茶點，我便發現門側木牌上寫的是「桐壺」二字——這不正是《源氏物語》第一帖的篇名嗎？到底是京都！我在心底暗暗讚嘆。後來在旅舍的迴廊間閒步，才發現每個房間的名稱全是《源氏物語》的篇名：「花宴」、「松風」、「初音」、「葵」……，晚餐設在「螢之間」，我們住「篝火」，是書中第二十七帖。

然而去探訪作者紫式部的故地，卻是不曾料想過的事了。

離開京都之前，原先的計畫是一早就乘特快車到琵琶湖東的米原，在湖畔遊玩一天，夜宿米原的湖濱旅館。車票早就預購好了，根本沒有想到要在中途作任何停留。同行的女友惠子卻在無意間提起：京都附近小縣石山有座「石山寺」，相傳是紫式部寫作《源氏物語》的地方；從京都驛乘東海道線慢車過去只要十五分鐘。我一聽是跟《源氏物語》如此切切相關之處，當下就決定犧牲這張快車票，改乘慢車去石山。即使眞蹟早已杳不可尋，倘能憑藉今日的山石風情，想像這部文學作品誕生地當時的景觀，也不該擦身錯過啊。

建於平安中期的石山寺，原是一座觀音寺，後來自然是以紫式部而著名了。傍依著源自琵琶湖的瀨田川，境內果然有石有山：那裡的石頭崢嶸卻不凌厲，屛聳障疊，偉岸與秀麗兼具；加以山間林木蒼翠，就算沒有紫式部也是個値得一遊的所在。除了規模最大的本堂之外，還有一二十處殿堂；紫式部寫作的「源氏之間」在最高處，幸而路階攀登起來並不吃力，正好欣賞奇石景觀。半途看見許多彩旗招展、大幅海報，才知道竟逢上爲期三個月的「紫式部與石山寺文物特展」，眞是意外驚喜——更像是冥冥中安排了我這誤打誤撞的一行。

這部號稱世上第一本長篇小說的《源氏物語》，算來已是一千年前的作品了。全書五十四「帖」——類似中國小說的「章」、「回」——長達百萬餘字。「物語」就是（說）故事，原是博學多才的女官說給后妃們聽的故事，打發宮中春花秋燕的悠悠歲月。故事主角是才貌雙全世間罕見的多情皇子光源氏，前四十帖寫他一生的愛戀情事，纏綿唯美又耽溺；甚至當他和至愛的女子們都離棄人世，下一代的故事已款款展開了……。書中對當時貴族宮闈的生活百態，從語言、服飾、器物、文章，到四季景色的遊賞、重大儀式的規矩，無不細膩描敘，歷歷如繪卷；加上近八百首日本古典詩歌「和歌」穿插其間，處處可見盛唐文學的影響。

一千年是何等漫長的時光啊，然而讀著物語中人物的種種聚散悲歡、愛憎嗔癡，竟像身畔眼前的形色人事。可惜這位擅說故事的才女，除了家族姓氏，竟連本名也不曾留下——「紫」是書中女主角之一的名字，「式部」是她兄長的官銜；作者承襲了自己筆下人物的名字流傳後世，恐怕是文學史上絕無僅有的吧。這位東方的莎赫拉莎德，把故事講得華麗湮媚，如夢如幻，然而愈近終卷愈趨悲憫無奈，似參透又似難以勘破自拔，卻道盡了情色的虛空、榮華的無常——這正是「物語」最迷人之處。

寺中展覽的字畫包括平安時代後期《源氏物語繪卷》的仿本，以及鎌倉、室町、桃山、江戶各時代的「重要文化財」，有早自五六百年前的原件如扇面、繪卷、畫帖、屏風等等，多半取材自《源氏物語》某一帖的故事場景，甚至有一方據說是紫式部用過的古硯。最多的還是各朝代畫師所繪的紫式部圖像，以及一尊江戶時代的紫式部塑像——當然都是憑藉想像而造，容貌各異；相似的是圖中人那委地的長髮，和繁複華麗、層層疊疊鋪陳迤邐的衣裙，那正是平安朝代貴族女子的妝束。其中有五幅皆題爲「紫式部石山觀月圖」，畫中人執筆望月，若有所思——據說落筆那天正是八月十五月圓之夜，遙望瀨田川波平如鏡，月華似銀；她構思多年、娓娓講述過的故事，就此在筆端紙上流傳了……

紫式部使用的是女性的書寫文字，和文。當時怎會料到：在她纖纖素手所持的筆下，自此竟展開了傳承千年的靡麗婉約的文學風格。而眼前這些字畫文物，便遠不如文字本身令我感到親切了——即使是通過翻譯的文字。我其實可以不必與她打這個照面的，只聽她說故事就夠了——而那是一個再也說不完的故事。「《源氏物語》的筆調，滋潤柔媚得似乎可以不要故事也寫得下去……」散文家木心也這麼說。最後一帖〈夢浮橋〉尤其像是未竟之篇，不僅沒有百萬字皇皇鉅著的千里來龍在此結穴之意，甚至連那一帖本身也像未曾道盡便悄然中斷了一般，有三分突兀，七分意猶未盡的餘音嫋嫋。

離石山不遠有一處地方叫宇治，書中那些美貌癡情的人物，也在這一帶活動過；《源氏物語》的後十帖亦被稱作「宇治十帖」，正是因爲場景從京都移到了宇治。那時源氏已故，主要角色換成他的兒孫輩，女主角有個最美的稱謂：浮舟；故事更是跌宕淒艷。物是人非，眼前這些山石流水，可曾見證過他們的離合悲歡？聽說那兒也有一間「源氏美術館」，沒有時間去看，卻也並不覺得有什麼可惜。讓傳說與想像爲一部文學作品增添傳奇色彩吧！我愉悅但並無留戀地離開了石山寺，近旁的花園「源氏苑」也不想去看了——讀過書中對源氏豪邸「六條院」四季勝景、花團錦簇的形容，世間還有哪座刻意附會的庭苑，能及得上閱讀時的想像之美呢？

我們的車沿著瀨田川行了一段，遠處川上有座樣式古樸的橋，惠子指給我看，說那便是有名的「瀨田唐橋」。迴望遠方的橋，又讓我想到「夢浮橋」這迷惑人的篇名，究竟是意何所指呢？那對我一直是個未解之謎。

既然人在石山附近，聽說貝聿銘設計的 Miho 美術館就不遠了，乘車四十分鐘可達。我得知又不免心動：貝氏的建築設計本已是我非常欣賞的藝術，我更好奇的是：在深具強烈美學傳統的日本，尤其在京都附近，貝聿銘的個人風格能否成功地融合其間，甚至凌駕其上？他會賦予這座建築什麼樣的中心理念？但不論怎樣，源氏物語的世界與貝氏建築分明是兩個世界。去，心境怎能調和？但若不去，又有失之交臂的可惜……

結果還是去了。以後會不會再來這一帶到底難說，讀了《源氏物語》，更該深切體會人世的無常、世事的難測啊。

出乎我意料之外，Miho 美術館竟也並非如我預想那般，完全是另一種世間面貌的。美術館的主建築座落在深山裡，以踞伏而非高聳之姿，掩映在濃鬱的樹木之中。說到此中原委，不能不提及貝氏的大手筆：鑒於地方上的規定，館身高度不得超過周遭山木，因而必須挖山掘土、深埋地基，建築本身才能出落於低谷，而達到它該有卻又不犯規的高度。同時爲了不破壞原先的自然景觀生態，館建成後又把動土時移走的樹木悉數種回來：「復原」的工程之繁浩，遠超過開疆闢土。

深藏不露、別有洞天，是 Miho 美術館的特色。館主——「神慈秀明會」的創辦人和她女兒——的構想，正是要設計成陶淵明筆下的桃花源那般境界。從外面世界進來，必須把車停在接待站，在那裡乘坐美術館提供的電動小車或步行，經過一條隧道和一座橋——照明黯淡、冗長的不鏽鋼隧道，予人一份置身時光隧道之感；有意的轉折設計，讓人遲遲不能見到隧道末端外頭的光景，一直要到走出來，眼前忽然大亮：一座拱門聳立如半圓形的豎琴，數十柱「琴弦」一端來自隧道盡頭，穿過拱門繫住橋的兩側欄杆，這時右前方才遙遙出現那座又具日本宮殿形象、又有貝氏風格的藍色建築。是的，一如〈桃花源記〉的敘述：「山有小口，彷佛若有光……初極狹，纔通人。復行數十步，豁然開朗……」

走進月洞門形的美術館大門，面對大廳的大扇玻璃窗，窗外赫然一片綠野，近處蒼松挺立，遠方遙遙可見貝氏在此之前爲「神慈秀明會」設計的鐘塔，形狀是日本三弦琴的「撥子」給他的靈感。這時再迴首，透過月洞門，眺望那座帶引我過來的橋，橋的彼端是拱門與幽森的隧道口……再過去的外面的世界，竟像是一個不可測知的未來了。

此橋此景，竟還是把我拉回到夢浮橋的物語世界去了——這不就是一座從人間通往桃花源的橋，也是從現實引渡到夢幻的橋嗎？橋這一端是此際，橋的那一端是彼岸。原以爲根本無關的一座現代的橋，卻隱隱接連上千年前那座夢也似的、浮世間的虛幻之橋了……

那晚在琵琶湖畔歇宿，「夢浮橋」的意象始終擱不下。爲什麼終卷篇名要取這三個字呢？在半醒半寐的朦朧中，石山寺白日的景象漸漸轉成夜晚，一輪明月從湖上冉冉升起……是了，一千年前的那個月圓之夜，閱盡世事的才女，早已在石山寺澈悟人生了——情牽愛欲無非是夢，難以捉摸更不可恃；而「浮」字在日語中發音同「憂」，豈非憂思之意，「浮生」、「浮世」的虛飄徒然就更不在話下了。至於那橋——接引度化，是要把有緣人帶向桃源仙境呢，還是走向另一處更不可知的彼岸？

一千年了，故事沒有講完，夢亦猶未曾醒；世間處處仍有浮橋，引渡那些相信美麗的文字可以編織成夢的癡人。

補記：文中關於《源氏物語》終卷「夢浮橋」的篇名和寓意，曾請教翻譯《源氏物語》的林文月教授，特別在此感謝。

水痕

抵達水城威尼斯的時刻，天色已近黃昏了。從馬可孛羅機場搭乘的水上巴士，乘風破浪般朝向聖馬可廣場駛近——那兒是終站也是起點：我要在廣場前的碼頭下船，再換乘大運河上的小船，在藝術學院附近找到我的旅舍，然後開始我在威尼斯的遊訪……。在蒼茫的煙水暮靄中，廣場上高聳尖削的鐘塔、聖馬可大教堂壯麗的圓頂、執政官宮殿那有如綴著蕾絲邊的城牆，全都神話般地漸漸顯現了，美得幾乎不可能。我心頭無端浮起〈航向拜占庭〉那詩題的意象。

威尼斯的第一晚，我是全然孤獨的。我比旅伴們早到了一天，而他們對我來說其實也等於陌生人。在清冷的旅舍裡忽然想到：這麼熱鬧、著名的大城，這麼多的居民和更多的外地來的訪客，其中竟然沒有一個我認識的人——一個也沒有！那一刻，我感到一份非常稀有的無羈與自在；於是立即披衣出門，在深夜的水巷裡隨意漫行——不必怕迷路，我一夜回不了旅舍也沒有人會擔心。

跨過不知多少座小石橋，我不時在橋上停步，凝視橋下在黑黯中顯得深不可測的流水，聆聽停泊的船隻，在若即若離的晃蕩中，輕輕拍擊的水聲如喁喁私語……。不久之前才讀到過一段文字，那繽紛的意象在我行過橋時悄然湧現：「一個巨大的大理石圓弧，使得天空暫時變得模糊了，忽然間每樣事物都滿溢著光，『Rialto 大橋，』她說……」。是的，Rialto 大橋——大運河上三座橋裡最美麗壯觀的一座，明天我就會看到了。我想起寫這段文字的人也在威尼斯——雖然我們只是多年前打過一個短暫的照面，而這人已不再活著……但是如果這也算得上某種關連的話，那麼，在威尼斯，在這個秋天的夜晚，總算還有一個我見過的人，此刻正長眠在這裡。

那是一個十年前見過一面的詩人。從舊金山到威尼斯的這一路上，我讀著他寫的一本關於威尼斯的書，是許多篇像詩的散文，非常奇特而優美；我一邊讀一邊感覺靠威尼斯更近了。我知道他葬在威尼斯北邊一水之隔一個叫聖米凱勒（San Michele）的小島上；那島別名墓島，據說整座島就是一個大墓園。那才是「威尼斯之死」啊——死在威尼斯的人就葬在那裡。

書名叫 *Watermark*——水痕，用英文寫的。我掀開第一頁時就想：總說是船過水無痕，那麼什麼是水的痕跡呢——莫非是水的傷痕？

十年前也是這樣一個秋天的晚上，我在史丹福大學聆聽詩人約瑟夫・布洛斯基（Joseph Brodsky）的演講。在那之前五年，他得了諾貝爾文學獎，而當時他正膺任美國桂冠詩人。可以想像衝著這麼一位演講者，會場裡擁擠的程度。我到時已座無虛席，茫然四顧，正欲效法遲到的學生們坐到階梯上，卻見站在講台前的主持人朝我招手：「第一排最邊上還有一個空位。」我急忙跑過去坐下，鄰座一個老教授模樣的人對我友善地微笑點頭，我心不在焉也沒怎麼理會他，只好奇地在座席中尋找布洛斯基——見過他幾年前的照片，看起來是個非常瀟灑的詩人……

主持人在台上致了簡短的介紹和歡迎詞，就朝我這方向做了個邀請的手勢；大出我意料之外的——鄰座這位「老教授」竟然起身上台去了。我這才看清他非常隨意、甚至稱得上不修邊幅的穿著：半舊的人字呢外套、泛白的牛仔褲、黑領帶，大半的頭髮已禿……那年布洛斯基才五十二歲，但已顯得不符年齡的臃腫蒼老。難怪我認不出他來。

說是演講，其實大部分時間是朗誦詩，當然對每首詩也有簡短的說明。我只記得他讀詩的聲音，至於他談到作爲一個「非自願的流放作者」，具體說了些什麼——也許並不曾說了什麼——我卻是毫無印象了。他唸的十五首詩英文俄文的都有，還有英俄對照的。俄文詩更像吟哦，聽起來很像神甫唸拉丁祈禱文，有的甚至像唱歌。他的俄文詩音韻感特別強，我雖一個字也不懂，卻特別被他的母語詩感動。這使我想到很久以前讀過的一位表演藝術家的軼事：忘了是哪位女伶，有一回在一家外國餐廳裡，隨手拿起一篇文字表演朗誦，眾人一個字也不懂卻全被她的聲音感動得幾乎淚下。後來她才透露，她唸的是桌上的菜單。我想這是可能的，因爲詩原是該當成音樂欣賞的。

結束後演講人下了台坐回鄰座。我爲自己先前的心不在焉感到有些不好意思，在大批觀眾和仰慕者湧上來包圍他之前，我禮貌而簡短的自報了名姓，並且說：「我跟你一樣，也是個流放作家。」隨即又加一句「不過你是非自願的，而我是自願的。」他淡淡地說：「It doesn't matter.」（那無關緊要。）後來我常思索這幾個字：他是什麼意思呢？是流放的痛憾才是最緊要的，無論是因由自願或非自願？還是作爲一個寫作者只要好好地寫，流放與否、自願與否，並非最關緊要？可惜我當時沒有追問。當然，這問題的答案其實也是無關緊要的。

四年之後，他死在威尼斯。

一個晴朗的上午，我決定到墓島上走一遭。時令雖然才過仲秋，威尼斯的氣溫卻已比歐陸低得多，早晚更是涼氣逼人，墓島想必更冷了。這樣的氣候讓我有些措手不及，帶的衣服既不夠暖也不夠厚，我的肌膚充分體會了傍水之城特有的水寒。然而布洛斯基寫他十幾二十年來總在威尼斯過冬，住在暖氣不足的房間裡，不止一次凍出病來。他深愛冬天的威尼斯，守著盟約般地按時回來，像另一種鄉愁，另一類候鳥。而這一切始於許多年前，他還在當時叫作列寧格勒的家鄉聖彼得堡，被一幅聖馬可廣場的雪景深深吸引……當然，還有其他的文字意象讓他念念不忘。多年後，也是在聖馬可廣場，有一個夜晚，他目睹了來自海上的濃霧，如白色大軍入侵，沉寂而迅捷地吞噬了整片廣場。（後來我遇到一個深秋來過威尼斯的人，對我形容那兒秋冬的霧：如此濃密厚重，當他穿過包圍著他周遭的濃霧時，眞覺得像穿過一道固體——一道霧之牆。我瑟縮著身體，卻在想下次一定要在冬天來。）

從威尼斯北岸可以清清楚楚看見墓島棕黃色的牆垣，沒有橋通過去——還沒近到那程度，也沒有必要。乘船卻是不消幾分鐘就到了。乘這條船線的人多半是去下一站，以吹製精美玻璃聞名的木蘭諾島。在墓島下船的人也有好些，卻都不是觀光客了。我自問我是觀光客嗎？別人看我一定是的。如果我手中也捧一束花呢？觀光客就不上墳了嗎？

墓島上風大，果然比威尼斯還冷。墓園比想像的還廣闊，有幾十個區，每個區看過去幾乎沒有分別：全是一大片一大片的墓碑和花束，全有美麗的雕塑、大理石台階、拱門……一進一進的全都一個樣，怎麼找？我需要一張地圖了。於是循路牌找到辦公室，等了半天不見人影，一眼看見桌上一疊紙，不正是墓園地圖！隨手拿起一張就走。這下好辦了，大家都要問的那幾個顯赫大名，全在地圖上清清楚楚標示了出來。原來我要找的人都不在這些擁擠熱鬧的園區裡。

寫《火鳥》、《春之祭禮》的音樂家史特拉文斯基和他的妻子，以及當初賞識年輕的史特拉文斯基而聘他作曲的芭蕾舞藝術家狄亞基勒夫，都葬在東正教區，那是邊陲地帶一方有些荒涼的墓園，但史特拉文斯基的墓上卻不乏鮮花，以及更多的紙片，上面畫寫著樂譜、音符和各國文字。

美國詩人龐德和布洛斯基都葬在新教徒區——沒錯，布洛斯基終究沒有與他的俄羅斯同胞們葬在東正教區。新教徒區不像東正教區那麼荒蕪，但仍比不上外頭那些美侖美奐的花園般的墓園。布洛斯基的墓相當樸實，豎立的碑上只有簡單的三行字：他的俄文姓名、生卒日月年（「24.V.1940-28.I.1996」），和他的英文姓名。一個一生都在書寫文字的人，墓碑竟然如此簡單，有些出人意料——然而也該是這樣吧：所有的文字都印在書裡了，沒有必要再刻在石碑上——也可能沒來得及考慮碑上的文字，或者根本就沒想過要給這地方留下什麼遺跡：

⋯⋯

然而訪者的遺跡卻極多：平躺的墓石上除了花束、燭台，還有許多名片和寫滿字跡的小紙條，有的散置，有的小心地塞進一個透明塑料大封套裡。（我有些好奇：封套塞滿之後怎麼辦？）墓碑頂上堆積了許多小石子，間雜著小貝殼，甚至錢幣。來到這裡的人，都想留下一點什麼吧。

我也彎身揀了一顆小貝殼，輕輕放在墓碑頂上，和其他許多小石子一起。正奇怪地上怎會有那麼多小貝殼，才想到這本就是個海島。最特別的是墓石上的一個玻璃筒，裡頭插滿二三十枝筆。我看過不少作家的墓，這是唯一有筆筒的。我掂掂自己手中這枝筆，想它兼負筆記和寫生的重任，不能捐獻出去加入這獨特的筆陣了。

眞沒想到有這麼多人來拜訪他。從書中看，他在威尼斯的冬天好像都過得很寂寞。當然他是會享受這份寂寞的，就像我在這兒的許多時刻。他說威尼斯的街巷像書架，家家戶戶的門扉是書脊，夜晚的城市是安靜的圖書館。我卻常在一個又一個夜晚安靜的圖書館裡，聽到華麗的音樂如水般從華麗的殿堂流淌出來，我駐足在門外聆聽，渾身被音樂浸得濕透而快樂無比。想來他在許多個冬夜裡必也體驗過類似的快樂，才會說「音樂與水是孿生的」。

他寫倒影，鏡中的、水中的；異鄉旅舍房間鏡中的倒影也變得陌生了，就像沒有伴侶的冬夜，然而他一次又一次回來，只爲他的眼睛愛上了這座城市的美——「美是安全。」他這麼說。「這裡是一個夢，我不斷回來我的夢裡。」他的身體和筆追隨著眼睛迷戀的美，追隨一個夢，一個冬季又一個冬季，直到最後那個宿命的一九九六年的冬天。

書中有一段提及，有一晚他乘坐友人的小船，從北岸划出去，繞聖米凱勒島一圈再回來。他形容船如手掌，滑行過水的平滑的肌膚，如溫柔無形的愛撫……。他幾次提及墓島，但可曾想到過有一天長眠此島呢？應該是想過的吧。他有一顆衰弱的心臟，在冬日的威尼斯發作過不止一次的心臟病。流亡的作者啊，他眞是流亡得夠澈底了，死也不回故里，寧可死在這裡——只爲他愛這裡，而愛，是「一個倒影與它的對象之間的情事」。而只有在這建在水上的城市，才處處有倒影。

走出他的新教徒墓區之後，我又在外面那些漫無止境的大理石碑林裡迷路了。我記得讀到過關於墓島的規矩：大部分的屍骨，在下葬十年後便要掘出遷葬別處，讓位給後來者。不過這幾位外國名人倒是享有永久居留權的，布洛斯基大概不會受到這種干擾。

我找到碼頭時忽然鐘聲大作：是正午了。我在威尼斯常會失去時間的觀念，然而鐘聲和流水又總是不斷提醒我時光的流逝。Water is the image of time（水是時間的形象），書中這句話我記得最清楚。古今中外，寫水最後似乎總是免不了寫到時間。水就是時間——或者說，流逝的時間。有一天，當這裡的每一個人——居民也好訪客也好——都不存在了，只有水，還是會在的。或許有痕，然而已沒有人知曉了。

補記：此文刊出後，有位讀者指出，布洛斯基並非死在威尼斯。我查了一下，果然：布洛斯基是心臟病發死於紐約布魯克林家中，遺體在曼哈坦的聖三一教堂墓園暫居了一年半，才運到威尼斯墓島安葬。這就更耐人尋味了：難道這是他的遺志，死後要千里迢迢歸葬威尼斯？我原先誤以爲他是湊巧「死得其所」才葬在當地，這樣看來，他的意願還更強烈，他對威尼斯的愛應是超乎世間其他地方了！

永遠的橋

那天早上在威尼斯，忽然想到一個中國的城市——不是號稱「東方威尼斯」的蘇州，也不是馬可孛羅描述過的杭州或者揚州，而是開封。確切點的說，是宋朝的開封，那個《清明上河圖》裡描繪的開封城。

看中國畫，哪一幅是你最想置身其中的？許多人也許嚮往那些山明水秀、亭台樓閣的人間仙境，我卻最願意掉進《清明上河圖》裡，尤其是汴河碼頭、汴梁虹橋那一帶。

正是走在威尼斯的 **Rialto** 大橋上，讓我想起了汴梁虹橋。

先說 **Rialto** 吧：威尼斯這座城市，其實是建立在一百多個小島上，五個世紀下來樣貌沒有多大改變；兩千多條大大小小的水道，總共有四百多座橋。然而在威尼斯的主動脈——那條蜿蜒貫穿城中央的大運河上，直到十九世紀， Rialto 還是連結兩岸僅有的一座橋。那裡也正是威尼斯的地理中心點。

現今大運河上有三座大橋了，還是以中間的那座 Rialto 橋最有名，也最壯麗而別致。最西端火車站前的那座史卡仕橋，比起 Rialto 來可說是姿色平庸貌不驚人；至於大運河東端入口處那座饒有特色的藝術學院橋，則是一百五十年前才出現的。藝術學院橋的特色是木建的——木橋都是暫時的，早年只有二十年壽命，威尼斯人稱之爲 ponti provvisori（臨時橋），石橋則叫作 ponti definiti ，意思是永遠的橋、最終的橋。人們喜歡藝術學院旁的大木橋，捨不得當成暫時的，只得保留著，於是成爲威尼斯唯一的一座「永遠的木橋」。

我在威尼斯的旅舍緊鄰藝術學院，每天早上出門抬頭就見到這座永遠的木橋，但多半是捨橋而從此岸搭船去別處漫遊；倒是每晚睡前一定過橋到對岸一處方場裡的「網咖」，給家人寫電郵、讀信。來回走在木橋上，總會忍不住屢屢駐足，倚著橋欄凝望夜晚依然燦麗的大運河，遠遠近近的建築在夜色中兀自閃閃生輝，或者斂容垂眸成爲沉靜優雅的剪影；不時有船隻航近，水上傳來笑語與舟子的歌聲，從橋下滑過，又在我身後漸漸遠去……

白天四處走動，無論步行或者乘船，路過或特意探訪，看見次數最多的還是 Rialto 。潔白典雅的大理石拱橋，姿態壯觀卻又弧度優美，見者幾乎無不驚艷。橋肚雖是簡單的單拱，橋身上的兩排廊房可眞是堂皇氣派：每排左右各有六道拱門，順著橋身的弧度上升，直到中央最高點擁立起一座尖聳的柱廊，像是推到一個古典美的高度。詩人布洛斯基（Joseph Brodsky）在多年前的一個冬夜初見這座「巨大的大理石圓弧」，形容他的第一個印象是：「周遭的天空變模糊了，忽然之間，每樣事物都滿溢著光……」

這座已有四百多年歷史的橋（建於一五八八到一五九一年間），前身也是木橋，坍塌之後才改建爲「永遠的石橋」。跨度長達四十八米的橋拱，用的自然是漂亮的大理石，然而在看不見的底下，可足足有一萬兩千根木樁撐著呢！算是巧合吧：設計 Rialto 的建築師就姓「橋」、名安東尼（Antonio da Ponte）。

「橋大師」的傑作不但漂亮，實用功能更是考量周到。二十餘米寬的橋身，中間作走道，兩旁全是廊屋商店，橋上過人正好兼做生意。有人感嘆到底是威尼斯商人會動腦筋，其實這樣的商市橋別處也見過：早在中世紀英國便有「老倫敦橋」，上置屋宅、市場，定期有市集交易；翡冷翠的「老橋」上有許多廊屋，也全是商店。所以這並非威尼斯商人的專利，可就數 Rialto 名氣最大，除了美學上的緣故之外，占了地利也是另一個原因。

Rialto 及近旁一帶，身處威尼斯地理中央，既是交通要道，又兼商販市場中心，鎮日人來人往好不熱鬧。橋中間行人步道縱然寬綽，還是經常摩肩接踵，擠得水泄不通。橋上店鋪售賣的全是威尼斯最有特色的物產，像嘉年華會的面具、精美的玻璃製品、珠寶、衣物、皮貨、糕點、各色各樣的藝術品紀念品……，除非目不斜視，否則想用正常的過橋速度走完這段琳琅繽紛的通道，恐怕不太容易。好在廊屋的外側，也就是緊靠橋欄的部分，也有行人走道，所以想憑欄看河上風景的人，不必擠在店鋪中間，而大可走在外緣透氣，這也是 Rialto 橋設計巧妙之處。

因而便想到《清明上河圖》裡的那座大橋了。《清明上河圖》作於宋徽宗年代，即一一〇〇至一一二五年間。五米多長的手卷，細細描繪當時北宋首都汴梁——也就是現今的河南開封——在清明時節的情景。張擇端的原作收藏在北京故宮博物院，多年前我在台北故宮博物院看到的是乾隆年間摹本；畫家像娓娓說故事、又像慢慢拍電影紀錄片般，沿著汴河兩岸，從城郊的自然風景、人們踏青掃墓的活動，畫到京城裡最熱鬧的汴河碼頭，繁忙的市集，形形色色的人物、牲畜、車輛、屋宅……鉅細靡遺。其中最吸引我目光的，還是那座美麗又洋溢著生氣活力的汴梁「虹橋」。

那也是一座兩旁排滿了商鋪、中間車水馬龍的大橋。記得畫中有各行各色的貨品商家、茶坊酒館食肆，加上擺攤子的小販、挑擔的貨郎、腳夫，討價還價的顧客、好奇的兒童、聊天的老人，還有化緣的僧人、騎馬的坐轎的打躬作揖的看熱鬧的忙人閑人……一片繁榮昇平景象，洋溢著市井庶民活潑的生機。Rialto 橋上的人和景當然與宋朝京城毫無相似之處，但同是一座弧度優美、華麗熱鬧的商市橋，我的聯想穿越了時空，甚至虛實。

當時畫中已有的汴梁虹橋，比 Rialto 橋早建了起碼五百年，是現知最早的大跨度木拱橋的形象。我讀到過的一篇考證說：估計汴梁橋寬約九米餘，拱跨十八米餘，由並列十九道木製「疊梁拱」構成，上鋪木板，可通行車馬行人、擺放商攤。《東京夢華錄》裡的記載是這樣的：「其橋無柱，皆以巨木虛架，飾以丹，宛如飛虹……」所以稱之爲「虹橋」。奇怪的是我細看《清明上河圖》裡的虹橋，橋身畫成磚石疊砌的圖案，很像是石造的，但書中記載是木橋自然殆無疑義。至於畫家爲什麼要畫成石橋一般，也許我永遠找不到解答。而正由於那是座木橋，才難怪沒有成爲永遠的橋留存至今。

旅行每到一處，只要有機會，我就逛城鎮裡的菜市場。沒有比市場更能如實反映平民百姓家常日子的地方了：民生物資的供應狀況、主副食品的價格、一般大眾的生活水平，甚至飲食習慣、口味禁忌……多少都能看出一些。《清明上河圖》把市民生活描繪得栩栩如生，令人恨不得到虹橋上和近旁的商攤店家去逛一圈！正如汴梁虹橋碼頭附近是熱鬧的商市，

Rialto 橋附近的菜市場也是全威尼斯最大、最有名的。離開威尼斯前一天的早晨，趁著大批的觀光客還沒出動，我又一次走上 Rialto 橋，到對岸的大菜市場去感受那裡一天中最熱鬧的時光。

這一帶是威尼斯最早的商業區，做了有幾百年的生意了。Rialto 菜市場規模雖大，卻整潔得出奇。我到過羅馬的大市場，遠不及這裡的整齊乾淨。光是海鮮就占了一大方場，魚蝦全都漂亮極了，且是新鮮不用冰凍的，難怪地上沒有濕淋淋的水灘，不愁弄髒鞋襪。果蔬在另外一區，也都是嫣紅翠碧，鮮亮欲滴。緊傍的運河上就是一艘艘船載來鮮貨，卸下船來一上岸幾步路就是攤位了。

逛完一大圈之後，我選定一處蔬果攤坐下來寫生，其實是看人：觀看當地人悠閒從容地精挑細選，跟攤販老朋友般的有說有笑……讓人覺得這裡的日子眞是好過，而且暗暗感嘆這地方眞富——從前富，現在也富。從前富，是整座城裡每一處即便是最細微不重要的小地方，也不憚其煩不惜工本的精雕細琢、裝飾美化，不富辦得到嗎？現在的富呢——大清早來菜市場看當地人的吃穿就可以知道了。

然而這樣的榮華還能再持續幾百年嗎？威尼斯現今的敵人不是像北宋當年的外患，而是她的自身：這座建在海畔沼澤上的水城，不斷遭受海水入侵，一年要淹上好幾次大水；廣場街巷裡無所不在的折疊桌，並不是專供遊客歇腳用的，而是淹水時的走道——也勉強算得上是一種橋吧。一幢幢美麗的建築，細看地基都被海水浸蝕了。整個威尼斯正在緩緩地、不斷地下沉。搶救威尼斯是刻不容緩的事，每個人都這麼說，心中都懼怕總有一天，威尼斯終會變成一座看不見的城市，像那個最愛她的卡爾維諾的那本書名一樣。

當一個城市都看不見了，她那許多橋怎麼辦呢？那些臨時的橋和永遠的橋……

然而什麼才是永遠的橋、最終的橋呢？無論是坍塌、腐蝕或者下沉，再美的橋還是會有消失的一天。那麼，或許，還是那座凝止在《清明上河圖》裡的汴梁虹橋，才是不受時間磨蝕的永恆之橋吧。

覓渡橋

人家問我：你去中國江南做什麼？我說找橋、看橋啊。若再問我爲什麼這麼喜歡橋，我就反問：你見過比橋更簡單、好看、實用，而又變化無窮的建築物嗎？又有什麼建築物，它的象徵性和實用性是像橋這樣優美又純粹的？

從前的人，積德行善，常以修路建橋造福鄉里。造橋，是功德。中國人連對神仙都要爲他們編織一座橋出來：柔情似水佳期如夢，牛郎織女的相思離情隔著無法擺渡的銀河，幸而有七夕與鵲橋。銀河上的鵲橋，當是古今中外神話裡最美的象徵之橋了。

外婆橋

「搖啊搖，搖到外婆橋，外婆叫我好寶寶，糖一包，果一包……」小時唸的童謠，完全不知所云——在台灣，根本不懂爲什麼去看外婆竟要划船搖了去橋邊。但那「搖啊搖啊搖」的童謠有一種催眠似的魅力，眞像坐船了，飄飄然地隨著韻腳晃晃悠悠……

直到身歷江南水鄉其境，才知道外婆（或者伯叔姑舅、堂表兄姊）全都可能住在某一個小橋邊，只消划一隻小船搖啊搖就搖過去了。家家戶戶臨水傍河，出門不是乘船就是過橋；「我走過的橋，比你走過的路還多！」水鄉的居民，大可以對外來者這麼說吧。

連著兩個夏天裡，我走訪了好幾處江南水鄉看橋：周莊，同里，金澤，西塘，烏鎮，朱家角……，由於全都是盛暑探訪，回想起來的印象，似乎那些美麗的橋總在炎夏氤氳的熱氣裡若隱若現。其實再看沖印出來的照片，卻是清爽得一點也看不出蒸騰的暑氣——我的印象可能只是酷熱下的錯覺吧！

周莊是第一個造訪的水鄉，照理說應該是驚艷，卻覺得去晚了些許年——應該早在她成名之前就去，才看得到她原先的天生麗質吧。後來冬天又去一次，沒有了夏季大量的遊客，便顯得眉清目秀得多，但我心中仍抹不去這份相見恨晚之感。不過若不挑剔的平心而論，即使良辰不再美景也是依然，比如那對有名的「雙橋」，一橫一直、一圓一方兩座橋拱，映著粼粼綠波，那份美讓人原諒了她所有的做作。

江南拱橋之美，正在她那半圓形的橋拱——橋下的流水成全了她，接上映在水中的倒影，完成一輪完美的圓，也成了小橋流水江南常見的圓滿的圖畫。

同里早先幾與周莊齊名，後來周莊享名國際，整個變成了一座展覽館和大舞台，同里落在後頭反倒過得上平常人家生活；譬如看到主婦在自家水邊刷馬桶，日子可以就這樣過而不必時時刻刻做戲。雖說沒有名橋，任何一個角度的小橋流水亦可入畫。茶座小憩，眺望一葉小舟從一輪完美的圓形中央款款穿過，像柔荑輕輕撫過水的肌膚，此情此景，一時之間彷彿有不似身在人間之感……

然而同里吃虧在缺乏特色，可以一看但不會令人難忘；那兒有座「退思園」，比不上蘇州園林也是同樣的道理——同理。

若論對原貌的維持，號稱「千年古鎮」的西塘最美也最純。水邊長長的、遮覆著「廊棚」的街道，深深的巷弄，靜靜的人家……確是古意盎然。當然，也有許多圓拱的方拱的石橋，因爲幽靜而更增添一份優雅。

西塘地勢平坦，多街巷而少梯階，所以三輪車來兜生意時便坐上去了。三輪車伕兼作導遊，指著遠處一幢建築說，他原先是那家化工廠的工人，工廠倒閉了，大夥失業，只得投身觀光旅遊業。車伕嗓門大，熱心解說得大汗淋漓，對鄉里之美的愛護與驕傲溢於言表，然而眼看著西塘很可能又變成一個周莊卻又憂心忡忡……

這樣的矛盾，在愈是有特色的地方愈發強烈。訪客對一地「原汁原味」的要求，令得居民必得住在幾百年不能翻修的舊屋裡，是不是公平呢?就像威尼斯，許多當地人尤其是年輕人紛紛往外遷，把河與橋留給觀光客，讓家鄉變成大戲台吧，他們可要住到一個能開車的城市去。可是這裡小鎮上的居民沒有太多選擇，只能讓河與橋供給自己衣食了。花五十元買一張票，可以參觀全鎮的旅遊景點，沒被選上成「點」的個別人家，便掛起招牌打出特色吸引遊客參觀。一位頗有書卷氣質的婦女，些微靦腆羞澀地站在自家大門口，招呼遊人進來看某某人後代的家宅。我暗暗自問：若換作自己，願意自家變成展覽館嗎?

最令我感動的是金澤的幾座古橋。金澤也號稱「千年古鎮」，興於宋而盛於元，然而未能成旅遊景點，因爲除了橋就沒有剩下別的了。但她的橋最古，保存得也最完好。去金澤時我的心情比去別處還興奮緊張。

正午近攝氏四十度的氣溫下，我沿著金澤杳無人跡的小運河走啊走，汗水流注到睫毛上幾乎妨礙了我的視線，但我終於看到那兩座宋代的石橋了：普濟橋和萬安橋。這一對合稱姊妹橋的單拱石橋建於十三世紀，形態近似，都非常質樸；線條柔和，坡度極緩，因而橋拱都不到半圓，倒比較近威尼斯那些小石橋的弧度了。我在橋上來回徘徊，細細觀賞橋中央美麗的紋飾；輕輕踩著磚石像是怕踩壞了幾百年的珍貴建築，或是踩碎了某些記憶……我幾乎忘了酷暑，忘了時間。

青浦縣朱家角的放生橋，是一座明代修建的五孔石橋，大幅度的橫跨在漕港寬闊的大河上，有威尼斯大運河上大橋的氣派，然而苗條秀麗的風格，還是十足的中國江南的橋。

傳說放生橋是一位僧人募款建造的，規定在橋下只准放生魚鱉，不許撒網捕魚。去朱家角那天正巧是陰曆七月十五中元節，放生橋畔放生水族做功德的人格外多。這是八歲的晴兒第一次回中國，在這裡他學會了「放生」的意思，一再央求我再多買些魚鱉放回水裡去……

外婆家住橋邊，要搖著小船過去——原來如此啊。小時的謎，得等這許多年後，走過多少座橋，才悟出了解答。

烏鎮倒影

是多年前讀了木心的文章〈塔下讀書處〉，才知道茅盾是烏鎮人。塔是指壽勝塔，那位編選《昭明文選》的梁昭明太子曾在此讀書。塔已不在了，茅盾本人當然也早已不在——其實在時也大半生不住在家鄉，卻以家鄉的背景寫出《春蠶》、《林家鋪子》這些名著……

去烏鎮沒見到特別著名的橋，倒是在河上乘了一趟烏篷船。周作人寫他家鄉（紹興）的烏篷船：「在我的故鄉那裡……普通代步都是用船。……普通坐的都是『烏篷船』……」他形容的是中型烏篷船：「篷是半圓形的，用竹片編成，中夾竹箬，上塗黑油；……船尾用櫓，大抵兩支，船首有竹篙，用以定船。」烏鎮小河上供遊客雇乘的船是比較小型的，沒這許多名堂，但半圓形的黑漆篷頂，稱之爲「烏篷」想來是差不多的。我向船孃借櫓試搖，完全無法掌控，好在船不像車，胡亂碰撞也不怕傷人損物，胡攪一陣之後把櫓還給船孃，相視一笑。

烏鎮水邊的房子與周莊、金澤的不大一樣：別處的屋腳石階從後門口延伸進水裡，人們在自家臨水的石階上進行種種洗滌家務，這裡的屋腳卻多見如高腳屋般撐起，有的上面還是個小陽台，花木盆景掩映窗裡的家常情景，道出這還是個人們有自己生活的地方。一位戴眼鏡的老太太臨窗低頭讀書，小船靜靜行過似乎並沒有打擾到她，我感到心安了些——眞不想做個討人嫌的觀光客，平白闖入別人平靜的生活圈裡。

果然有一家賣手工紀念品的店叫「林家鋪子」，明知是藉茅盾的小說虛者實之，但讀過書看過電影，盡責任的遊客還是要進去繞一圈、買兩樣紀念品，心裡才踏實了。我挑了一條藍印染圍裙，雙魚圖案，回家下廚時會想著這片魚水之鄉的江南小店。

但茅盾故居的紀念館確是實實在在的，很典型的江南水鄉宅第，有一份殷實的讀書人家的品味與樸素。近六十年前，少年的木心在這裡讀茅盾的藏書，驚服於茅盾在批點、眉批、注釋中下的治學功夫，才發現寫小說的茅盾傳統文學的修養並不在周氏兄弟（魯迅、周作人）之下。想到更久以前——那該是上個世紀的早期了——少年茅盾曾在這裡接受啓蒙教育、下功夫讀書、仔細圈點注疏……。然而書都不在了，只剩書屋空殼，令我悵然若有所失。

上到二樓，一大間屋的牆上全是茅盾生平照片，我漫漫地瀏覽著，走近這一片標題是「晚年生活」的照片，忽然……有幅眼熟的什麼，再看，眞的是自己沒錯，坐在茅盾先生旁邊；圖下小字說明是「一九八〇年會見旅美作家李黎」——二十二年前了！我對照佇立半晌，環顧周遭人來人往，當然沒有人會注意到我，即使注意到，又怎會與相中人聯想？

離開古宅走到外頭的煌煌烈日下，才像是走出了時光隧道，確定自己還沒有作古。江南炎暑中，想到那年冬天在北京——還記得是十二月，一個晴朗的冬日午後，出版界前輩范用先生帶著我，在一幢安靜的四合院的書齋裡，見到這位清臞瘦削的老人。那年茅盾八十四歲。他一直是我心目中一段錯過了的文學年代的巨人，面對著他，在難以置信的激動平息之後，我仍有一份時光倒流的錯覺。

那天我們談了不少——幾乎全是我問他答：他談自己如何從「賣文」走上文學之途、談寫作《子夜》的前後、談對年輕後進的提攜、對外國文學的引介……當時的我，似乎是想捕捉那些錯過的年代和歷史吧——我的，還有他的——不免咄咄逼問些明知他難以直言的問題，譬如比較四九年前後的文學作品、產生像他這樣作家的大環境，甚至他的「擱筆」……幸而他並不以為忤，總是面帶微笑，說一陣，歇下來喘口氣。告別前用我的相機照了幾張合照，回美後挑出一幀寄給他，就是牆上這張了。

那是僅有的一次見面。三個多月後他便過世了。他為我生平第一本小說集題的字，「西江月」，原跡還掛在我家客廳牆上，二十年下來看慣了竟成視而不見，我竟幾乎把他忘了。此刻這幅紀念館裡的資料圖片，又一次的有如時光倒流，那個照片上的文學青年像是我模糊的水中倒影，當年坐在先生身旁的心情點點滴滴回來，卻似提醒我逝者如斯，正似橋下的流水。

覓渡橋

許多年以前我到過蘇州，帶著一個乖巧的小男孩。去之前我告訴他：蘇州號稱東方的威尼斯，也是處處有水有橋。記得我們是乘火車去的，一下車出了站，他就直追問：「水在哪裡？水在哪裡？」我當時就感到很抱歉，水眞的不多，跟威尼斯沒得比。

小男孩過早離開了我，讓我一直抱歉著沒有機會帶他去一個水夠多的地方玩。許多年下來，也不想再來蘇州——直到爲了看橋。

到蘇州，雖然心裡還是有幾座想要找的橋，但也抱著隨緣訪橋的心，遇上多少就看多少。先在城外遇見細長美麗的寶帶橋，但只能下車在公路邊遙望——遙望也好，橋的全形可以看得更眞切些。據說寶帶橋有大小五十三個橋孔，我犯了傻勁耐心細數，果然不錯。

大家都要看楓橋，只爲她「江楓漁火對愁眠」的名氣大，我卻覺得楓橋的姊妹江村橋更美些。乍看兩座橋幾乎一模一樣，細看江村橋的弧度還更稍稍「陡」一點——就那麼一點點，大過半圓拱，給人的視覺美感便有不同了，像是個俏皮的女子，楓橋反顯得老實木訥了。

信步閒走，偶遇一橋，先爲橋名驚艷：「胡相思橋」——是什麼意思？胡亂相思，還是何必相思？還是一位胡姓癡情人爲著心上人造的橋？胡亂猜測著，細看這橋也是漂亮，且另有一座橋與之成直角相連，更耐人尋味。相連的那座橋名「唐家橋」，名字倒很本分。這兩座橋後面會不會有什麼故事呢？

每座橋上中央最高處都雕有紋飾，如人名皆不相同。胡相思橋不大，紋飾卻很繁複，是十二瓣菊花組成逆時鐘漩渦狀，非常好看。楓橋上的紋飾是六道漩渦卷雲狀，比起來簡單得多了。

我要找的覓渡橋是座沒什麼名氣的古橋。覓渡橋原名滅渡橋，吳語「覓」、「滅」同音，覓渡滅渡，一字之差，何異千里！據說因位在蘇州外城河與大運河溝通之處，地處水陸交通要道，自古便爲擺渡而鬥爭激烈，直到元朝建橋之後，渡河之爭才熄滅，因有此名。元朝張亨撰有〈滅渡橋記〉：「在吳城東南，由赤門灣距葑門水道之間，非渡不行……」

靠著這點地理位置，與我訪橋的友伴和開車的師傅逢人便問，才好不容易找到，一看卻是一座新型的水泥橋，不禁大失所望。但我們確定舊橋還在，問人卻皆不知，猶不死心轉了幾圈，赫然發現原來舊橋藏在新橋的後面！此時眞有眾裡尋他千百度、驀然乍見的驚喜。

驚喜之後則是心疼：這麼好一座橋，卻遭到如此的冷落廢棄！上橋之前先有九十度轉角的階引轉上橋階，上橋的石階有好幾個都給踩坍了。橋身的形態自是優雅，橋拱是完美的半圓弧，橋上有漩渦卷雲般的紋飾，橋欄杆是成對的方孔，橋拱兩側各有一頭吸水獸，古意盎然。然而橋旁周遭卻是凌亂不堪，不知什麼房舍拆下的磚石瓦礫堆得亂七八糟，爲了看橋的側影，我只得踩過垃圾堆爬上河堤，的確是每個角度都美。由於荒廢已久，橋上雜草甚至灌木叢蔓生，倒也別有雅趣，卻也觸目淒涼。比起楓橋的熱鬧，覓渡橋愈發像個孤獨遺世的寒士，也才眞像座古橋。

我在橋的兩端來回走了無數次，戀戀不捨，從各個角度拍了許多照，還是不忍離去；直到發現相機的電池用完了，才想通再美的橋也是用來由此到彼的，所謂過橋即是路過，我這樣來來回回算什麼呢？

蘇州的水比起那年看見又更少了，幸而橋還在。人生如渡，世事如渡。覓渡而得橋，且是美麗古樸的橋，該是何等幸運歡喜。還需問我爲什麼這麼喜歡橋嗎？

補記：江南水鄉覓橋，除了周莊之外，幾乎去每一處都倚杖好友偉群的襄助，甚至陪伴同行；在此再致衷心謝意。記得有兩回在攝氏四十度的酷暑中，我們依然覓橋不輟，看來「橋癡」並非只我一人。

布拉格的光陰

「時間是一條無岸之河」（Time is a River with no Banks）——這是馬克・夏卡爾一幅畫的題目。記得那幅畫中有一條蔚藍色的河流，河上豎著一座巨大的、有鐘擺的老式時鐘；時鐘上方飛過一條更巨大的、有翅膀的魚——那魚還伸出一隻手拉小提琴呢。畫中的河流還是有岸的；不但有兩岸，一邊岸上還有房子，另一邊卻是一對依偎擁抱著、常出現在他畫中的情侶。

我在布拉格的那些日子裡，「時間是一條無岸之河」這句話和這幅畫屢屢浮現心頭，縈繞不去。

在布拉格常會有種奇怪的感覺：我總會忘了時間——也許是獨自在異地旅行的自在感吧；然而時間又總會提醒我它的無所不在。時間，在布拉格似乎是有色彩的光影和聲音。或者應該說：布拉格的「時間」，是用聲音和光影來提醒我它的存在的。

當然，在教堂遍布的布拉格，教堂的鐘聲是最悠揚響亮的「提醒」，每一天、每一個時辰；但那似乎更近於背景音樂而非報時功能。對於我，時光的度量還有別的——更抽象的，譬如那條流過城市中間的河，我每天都要見上幾面的，就是因爲那條河吧，才讓我不斷想起時間、想起夏卡爾的畫……

至於最熱鬧、最具象的時間的提醒者，毫無疑問是那座我日復一日不得不欣賞的「天文鐘」，或者應該說，是天文鐘的報時節目。

布拉格的老城廣場本就是個最熱鬧的中心點，從早到晚訪客如織，尤其老市政廳前那座有名的十六世紀的「天文鐘」，更是吸引遊客的一大勝景。每一天的每個時辰快到正點時，鐘樓底下那一塊地方就擠得水洩不通，個個引領翹首以望，等著正點時間一到，敲鐘的那場「表演」開始：

在那二十四小時大鐘面的右方，一具象徵「死亡」的骷髏，右手握繩、左手捧沙漏，指針一到正點他就拉一下繩子、倒豎沙漏，表示「時辰已到」！這時鐘面上方的兩扇小窗戶就打開了，以聖彼得爲首的十二門徒雕像輪番一個個在窗前亮相，好似向眾人打招呼；接著鐘聲大鳴，還有一隻公雞喔喔啼……確是熱鬧好玩，饒富迪士尼樂園趣味，男女老少皆看得津津有味樂不可支。

爲了這場不到一分鐘的節目演出，在這之前和之後廣場上都特別擁擠。我欣賞過一次以後便儘量避免正點時間經過，免得需要穿過重重的人牆，更不用想這時候在露天咖啡座坐下來喝杯美味的波希米亞啤酒了。偏偏老城廣場地處我住的旅館與查理士橋之間，而我幾乎每天都要過橋到河對岸的「布拉格城堡」那一帶寫生，所以每天來回至少要經過兩趟，多則四五趟也不稀奇，碰上觀光客們翹首以望的節目演出是常事，到後來簡直是要掩耳繞道而逃了——我實在不懂：人們怎能那般興高采烈地駐足觀賞時光的行進與消逝呢？

雖不曾再駐足細看，可是我時不時還會想到那具掌管報時辰、扶沙漏的骷髏。讓一具「死亡」的象徵來掌握時間，雖然貼切，但是不是殘酷得過分了？

＊

回來後回想布拉格的景觀，很奇怪的，閉上眼睛，腦海裡飄忽浮升的一個籠統的印象是：白天的布拉格是陰暗的，夜晚的布拉格反倒是明亮的。

事實當然並非如此。我在布拉格的那些天裡，除了有一個中午下了場大雨之外，白天裡全都是秋陽普照，一點也不暗。怎麼事後回想會有這般錯覺呢？——我知道了，全爲了城裡那些無所不在的古老美麗的建築：都怪夜晚打在建築上的燈光太明亮璀璨了，使得那些建築像發光體，令人驚艷得幾乎難以逼視；相較之下，反倒是白天的原貌在陽光下便顯得黑黝黝的，雖說是古意盎然，到底石壁不會生輝啊。

尤其是那座雄偉壯觀、占地廣袤的羅馬式「布拉格城堡」——我進去參觀了兩次，加上好幾個下午去那附近寫生，幾乎每個白天都看到它；每次看見總是讓我想到卡夫卡的小說《城堡》——書裡那座高踞在村子山崗上的城堡，森嚴、冷漠、非人性、可望不可即……。其實有「建築學博物館」之稱的布拉格，古跡維護工作在東歐諸國間稱得上是第一流的，尤其像「布拉格城堡」這樣重要的大建築物，部分還是使用中的政府機構（總統府也在裡面），當然維修得富麗堂皇，不容有些許黯敗之象。然而即使在晴美的秋陽底下，這座容顏煥發的建築還是沒來由的給我一絲陰森森的感覺——可見是小說的先入成見依然牢不可破吧。卻是有一個夜晚，在查理士橋上望見對岸丘陵上巍峨矗立的布拉格城堡，整個是輝煌燦爛，在黑夜天幕下明亮得像座童話裡的仙宮，壯麗得令人屏息，一掃白天給我的陰鬱聯想。

橋堍的城樓也是如此：白天的牆磚和塔樓顯得黑沉沉的，雖然深色一點不給人陳舊之感，也絲毫不影響對建築細節的欣賞，但黝黑的整體還是像一座巨大而難以親近的莊嚴古蹟。可是一到夜晚，在強烈的照明效果之下，這些形態優美的樓塔式建築，一幢幢都熾亮得像著了火，輪廓更見分明，塔身更顯得巍峨高大，卻比白天的形象增添了明媚。而且與夜空的明暗強烈對比之下，建築物充滿了白天沒有的另一種趣味性的神祕感。加上不時有一群鴿子飛過，撲動的白翅被燈一照，也像燃著了火似的，閃閃發光飛掠而過，隱沒入黑天鵝絨似的夜空，更像是逼眞講究的一流舞台照明效果。

其他幾座地標性的老建築亦復如此，像以美得怪異知名的提恩大教堂（Church of Our Lady before Tyn），負載著造型奇特的大大小小十幾座尖塔，每座塔頂上都還有長針般的塔尖，高處綴著金球與金星，好似魔法師的魔杖，筆直地刺向天空……。我每天進進出出都會見到它，每回都忍不住駐足欣賞、細細打量那繁複無比的設計，也畫過不止一張的素描；它的美是幽黯而神祕莫測的，令人幾乎是無法抗拒地被吸引得目不轉睛，同時內心卻感到某種隱隱的不安。想到卡夫卡的幾處故宅和辦公室都在這附近，我開玩笑地告訴自己：說不定他就是看多了這種魅惑怪異的建築，才會寫出那些奇詭的小說來的。——然而待到夜色降臨，泛光照明一打開，同樣奇妙的效果就產生了：那些在白天裡顯得詭譎怪異、頂著劍刃般尖頂的樓塔，此時全成了童話故事裡的宮殿一般，那份神祕的美不再令人感到不安，而被夜光點化得和善可親了。

所以布拉格的日與夜、光與陰，在我的印象中是錯綜的，是弔詭的。檢視我的寫生習作，多半是色調黯淡的風景，最滿意的幾幅全是黑墨筆的素描。至於那些璀璨繁華的夜景和夜空中炫麗的宮殿，我既無法描繪也無法攝像，只有定影在記憶裡了。

*

在查理士橋上遠眺，時間像是凝止的——至少也是走得極慢，好似在讓我趕得及細讀周遭兩岸的歷史。

捷克的近代史「悲」有餘而「壯」不足——也幸而如此：兩次大戰的兵燹戰火都不曾燒及她，方才保得「建築博物館」的美譽。雖然納粹占領過、蘇聯坦克車也開進來過，比起歐洲其他戰後滿目瘡痍的城市，布拉格只有幾個槍彈孔供人憑弔。幾次內亂外患，也都沒有發生過傷亡枕藉的大規模流血武鬥。一九六八年被蘇聯鎮壓的「布拉格之春」名氣雖大，但並不算太慘烈；一九八九年的「天鵝絨革命」，以不流血的和平方式成立民主政府，更是令世人羨慕；一九九三年捷克與斯洛伐克和平分裂成兩個國家，也像一場不吵不鬧的文明離婚。這就是布拉格數百年來可以改朝換代而草木不驚、建築全能保持原貌的緣故吧。

有一天上午我抽空到老城廣場參加一個「布拉格革命史」的步行旅遊團，結果連我在內只有三個人報名參加——另外兩位一個英國人一個美國人，也都是女性。年輕的男導遊帶著我們三人跑了小半座城，非常敬業地講解他的祖國百年來的坎坷歷史，指點給我們看昔日共產黨的機關大樓、納粹「蓋世太保」的總部和可怕的偵訊部、「布拉格之春」的示威地點和兩名年輕烈士的自焚抗議現場……。他講得固然熱心，然而可以說得上轟轟烈烈的事跡實在不多；尤其提及納粹當年在毫無抵抗的情況下長驅直入布拉格，還是不免有些赧然。布拉格實在不是一個革命的城市——這就是「革命旅遊團」只有三個人參加的道理吧。

其實，對待侵略、壓迫與不合理，布拉格用的是她自己特有的方式：卡夫卡式，或者哈謝克式。代表者正是捷克這兩大名家，同年出生在布拉格的卡夫卡（Franz Kafka, 1883-1924）和哈謝克（Jaroslav Hasek, 1883-1923）。

「近代革命史」之遊結束之後，我又走上查理士橋，俯視橋下流水，才驚覺時間還是在以無可挽留的快速流逝。我想起讀到過的卡夫卡和哈謝克，兩人各有一篇短篇小說提到這座橋。卡夫卡的短篇叫〈一場掙扎的描述〉，以他一貫冷冽的敘事文體，陳述某個夜晚在橋附近一家酒館，發生的一場冗長而不愉快的遭遇；而哈謝克的〈一宗心理學疑案〉則是他的拿手好戲，荒謬黑色幽默劇：一位醉醺醺的「戒酒委員會」書記官在橋上多管閒事，卻被另一個更多管閒事的人誤以爲他想投河自盡，於是不由分說當成精神病患關起來修理治療……

卡夫卡的作品陰鬱深沉，似超現實的夢魘卻又充滿預言式的清醒與尖銳。《變形記》裡的推銷員，好端端一覺醒來竟變成一隻人見人厭的大甲蟲；《審判》裡平凡本分的銀行職員，也是一早起來發現自己身陷莫須有罪名的囹圄；《城堡》更是個龐大莫測的官僚威權的怪圈，連公務在身的土地丈量員也不得其門而入。卡夫卡筆下的情境即使發生在亮堂堂的白天，讀起來也像是寒颼颼的夜晚，似眞似幻的噩夢連連，好像永遠不會天亮。

至於寫《好兵帥克歷險記》的哈謝克，筆下機智調皮的帥克簡直是捷克版的堂吉訶德；他用狡黠機智來抗拒厄運，用調皮搗蛋的「和平抵抗」方式來應付軍隊官僚體制的壓迫和奧匈帝國統治者的奴役。哈謝克的習用幽默挖苦、嘻笑嘲諷來回應現實中無從抗拒、無可奈何的困境，正像是暗夜中慧黠的亮光。卡夫卡與哈謝克這兩個生在同時同地、卻用不同語文寫作的捷克作家（前者用德文，後者用捷克文），以兩種完全不同的藝術風格和人生態度，來面對並描述生活周遭和人世間的荒謬、怪誕、殘酷與無理……

這就是布拉格獨特的方式——幽暗的晝，與明亮的夜。

*

查理士橋下的河就是伏爾他瓦河（Vltava，德語則叫莫島〔Moldau〕）。布拉格若沒有伏爾他瓦河流過其間，就不成其爲布拉格了。正是這一條河，讓捷克音樂國寶史麥塔納（Bedfich Smetana）譜出那般美麗的交響詩。

距我住的旅館僅幾步之遙，就是極富「新藝術」（Art Nouveau）建築風格的市政廳；史麥塔納音樂廳就在那裡面，幾乎每晚都有音樂會。在史麥塔納音樂廳聆聽他的《我的祖國——伏爾他瓦》，是我最感動最難忘的布拉格經驗。那一樂章在過去許多年裡聽得熟極了，但在這之前聽著只有想像，那麼美麗的旋律並沒有背景畫面。待看見了伏爾他瓦河，那些音符彷彿就有了語言：水的語言，替河水說話，讚頌著兩岸的風景……

《我的祖國》——聽著音樂時我便在想：什麼是一個人的祖國呢？不要用抽象空洞的概念描述吧，祖國，可以是童年的記憶，是親愛的人的容顏、眼神、聲音和淚水，是山、河、草原、森林，是赤足奔跑其上的感覺，是拂過頰上的風和淋濕頭髮的雨，是戰亂災禍時的哀慟，是食物、空氣、景色、四季，是語言、文字、傳說、童話、音樂、歌謠、年節慶典的儀式習俗……是這一切的總合，合成一份走到天涯海角也放不下的眷戀、一份時過境遷也改變不了的執著。見過了這條河，我才眞正聽懂了史麥塔納的交響詩。我終於見到了他的祖國，一條大河。

在布拉格最後一天的早晨，我沿著河走到航船碼頭，買票登上一艘遊河船。城市似乎還沒有完全醒來，我乘坐的船在河上四座古典與現代各有特色的橋之間繞行了一大圈：最南的Legii橋，再過來就是雕像藝廊般的查理士橋，接著是Manesuv橋，最北是充滿「新藝術」造型美的Cechuv橋……。過去這些天裡，我把每座橋都畫過了。在某種意義上來說，從此她們都屬於我了，不論晝夜。

我又幾乎忘記了時間，但滔滔的河水提醒我：逝者如斯夫！這些天朝夕相處的日子就要過去了，我默默向布拉格道別。

這一段伏爾他瓦河是布拉格的精華地段，兩岸的建築多得讓人目不暇給、美得令人心蕩神馳。一旦加上了時間，有了晝與夜，「光」與「陰」，有了文學的、歷史的、藝術的光陰……這條河便擴張了出去，像是無邊無際了。果然，時間是一條沒有岸的河流——至少在布拉格是如此。

海枯石未爛

有一則英文的「大哉問」：What is the end of life and the beginning of eternity? 什麼是生命之終、永恆之始？

你若鑽進哲學的牛角尖就上當了。這只是個腦筋急轉彎的字謎，答案是英文字母「e」——「生命」life 的最後一個字母和「永恆」eternity 的第一個字母都是 e。

遊戲玩過了，「大哉問」卻未完全置諸腦後：有什麼現象——我說的是自然現象而非宗教現象——是生命終止之際便是永恆開始之時？

我想到過龐貝古城。公元七九年，維蘇威火山爆發——當怒噴的濃煙烈焰漫天蓋地而來，窒死的屍體立即被火山灰密密包裹，形成一具堅固的保護殼，將近兩千年後被挖掘出來，原貌完整，生命最後一刻的形態永遠固定了下來。不僅人如此，連小自糕餅、大至整座城的建築，都在生命終止的那一個倏忽又慘烈的剎那，被凝固保留下來，直到很久很久以後……這不就是生命終止、永恆開始嗎？

兩千年在人類文明史上當然是漫長的，然而比起地球生命更漫長的歷史，兩千年根本算不上是永恆了。據估計，地球大約已存在有四十六億年了。這個數目太龐大了，我只能把它簡化成自己可以理解的數字——去掉「億」字，假設地球是個四十六歲的人吧，那麼這個中年人終其一生都在不斷地「形成」他此刻的模樣：海洋與大陸的移動，山脈的起伏……至於「生命」呢？在他十一歲的時候，單細胞有機體出現了；可是最原始的「動物」——蟲豸水母之類的東西，得等到他四十歲時才成形。八個月前，他已超過四十五歲了，恐龍方才露臉。至於我們的人類文明，很抱歉，只是僅僅兩個小時之前才開始的事。

那麼，在億萬年前，地球上最早的生物在結束之際，若能像龐貝城的人體一樣將原態保存下來，是不是更近似一個小小的永恆呢？

沒錯，這是完全可能的。呈現在我們眼前的，就是叫作「化石」的這樣東西。

丈夫是研究生命科學的，對世界上幾處最古老、而保存最佳的古生物化石區很感興趣。

其中之一就是位於加拿大洛磯山脈、距離美麗的露薏湖不遠的一處叫波傑士頁岩（Burgess Shale）的化石區，屬加拿大 Yoho 國家公園，那裡有極大量的、保存得最完好的五億年前的動物化石。記得在美國華府史密松尼（Smithsonian）博物館裡，就有收藏陳列來自那兒的化石的精選樣品。五億年前哪——那時還沒恐龍的影子呢，可是那些古生物的化石遠比後來的恐龍更完整、更特別。十歲的晴兒只知有「侏羅紀公園」，聽到竟還有更古老的化石自也好奇，於是這處地方便列入我們家夏天的度假計畫了。

這裡其實是對外開放的，但除了專業學者，鮮爲一般人所知。參觀者必須事先報名、跟隨團隊才能上山進入化石區。山上氣候不佳，所以只有夏天七、八月間才開放，而且只在週末有團。由於名額限制在十五人以內，幾個月前就得報名。我們去年報得晚了沒趕上，今年再試才得以成行。

八月初，加拿大洛磯山脈的氣溫適中宜人，我們家大小三口，加上朋友克麗斯汀和她的小孩，一行五人從西海岸的溫哥華，乘坐橫貫卑詩省的加拿大洛磯山脈火車來到班府（Banff），也就是最靠近這處化石區的大城。爲時兩天（其實只有兩個白天，夜晚下車歇宿）的火車之旅，不但小孩覺得新鮮有趣，大人也得以輕鬆自在地欣賞沿途的北國壯麗山景。在火車上我們遙見無數陡峭險峻的山頭，猜測著哪座是我們將要攀登的目的地……

這個在古生物學上極重要的現場有兩處，分別在兩個相近的山頭上。史蒂芬山（Mount Stephen）的化石床是十九世紀末，當地的鐵路工人在修建鐵路時挖掘出大量的「石頭蟲」而發現的。鄰近的波傑士頁岩則是二十世紀初一位古生物學家沃考特（Walcott）發現的，他當時便是史密松尼博物館的館長。可是這片化石區的重要性得等到半個世紀後才得以確認：一位劍橋大學的研究生摩理斯（Morris），重新分類時發現這些化石生物百分之九十五以上都已絕種了，而倖存者之中即有脊椎動物的祖先，也就是人類和其他哺乳類動物的遠祖。他並且注意到：在這段時間裡——亦即五億零五百萬年前左右，生物種類突然大量增加，那正是古生物學上的「寒武紀」，於是這個現象便成為生物學上有名的「寒武紀大爆發」（The Cambrian explosion）。在生物演化史上也是個極重要的時代。

我們到達班府後夜宿露薏湖畔，第二天一早就精神抖擻的準備踏上這程不尋常的化石之旅了。波傑士頁岩之旅來回長達十小時，我們帶著小孩怕吃不消，便選了六小時的史蒂芬山化石床之旅。手冊上說上午十點出發，全程六公里，但要爬八百公尺高度的山路，故需登山鞋履。糧水自備；由於山上陰晴寒暑不定，衣著亦須適應各種氣候變化。

團隊的集合地點是史蒂芬山腳下的一家小雜貨店門口，雜貨店古舊淳樸，好似西部電影裡拓荒時代的小店鋪。大夥到齊後一算，我們這組三大兩小已經有五個人了，其他隊員只有六人，加上女嚮導正好一打。眾人簡單自我介紹，都是來自美加、喜愛戶外活動的度假者，丈夫大概算得上是唯一來作「實地考察」的。嚮導是位當地大學生物研究所的學生，研究專題是兩棲類動物；態度非常專業且敬業，嚴肅而果決，沒有一句廢話。她見我未帶登山手杖，二話不說就給了我一根，我還掉以輕心想她未免多事，我哪會需要手杖？但看隊員幾乎人手一杖，只好收下。上了山才知道這根手杖簡直是救命恩物——這是後話了。

上路不久就開始爬山，三公里的山路要上升海拔近八百公尺，可見有多陡，不是平常隨便以散步作運動的人吃得消的。而原先出發點的海拔高度已是將近一千三百公尺了，所以爬一陣便有了高山反應。中間幾度累得痛不欲「升」，想叫停歇口氣的需要愈來愈頻繁，可是又不好意思屢屢提出要求，只聽得團裡別人叫停就滿懷感激。這種隊伍要求「方便」叫停還有個專用名詞：bio-break，生物休息——既是旅人生物學上的需要，又有助於對周遭生物的養料供應，眞是非常「環保」。

每走一段路，總愛回頭眺望山下出發處，讓自己知道走了多高。洛磯山壯美與秀麗兼具，寒帶樹木蔥蘢蒼翠，在疲累中還是感到賞心悅目。最後一段山路最陡峭，加上已超過海拔兩千公尺的高度，使得連呼吸也感吃力，簡直是舉步維艱。就在幾乎以爲自己無法活著走上山了，忽然眼前一亮——一大片開闊的山坡上，鋪滿瓦片似的東西，先我而到的孩子們正在興奮地跑來跑去……啊，終於抵達了！

見到現場的那一刻，渾身的疲勞瘦疼全都拋諸腦後，才知此行的辛苦是値得的。簡直不敢相信自己的眼睛——大概阿里巴巴進了寶庫就有這種感覺吧：偌大的整座山坡，全是動物化石！千千萬萬、大大小小，無數深灰色的薄石板塊，上面全嵌著一些動植物的形象，就在眼前、地上。腳下每踩一步，石板塊碎裂的聲響簡直驚心動魄，令人都不敢下腳了——這些都是記載著幾億年前的生命歷史的石碑啊，全是博物館櫥窗裡打著燈光配著說明的寶貝哪！怎麼可以隨便踩呢？還好嚮導說：最精采重要的一處「保護區」是不開放的，周邊設有探測器，連她也不得其門而入。

嚮導指著這一大片山坡說：五億年前，這裡原是熱帶珊瑚礁海域，許多奇形怪狀而美妙的生物，什麼三葉蟲、迷幻蟲、無名蟲，那時尚未登陸呢，正在混沌太初溫暖的海水中飄游……。我聽得著迷了：那是怎樣的一種天堂似的景象啊！可是忽然之間，火山爆發，天崩地裂，山頹海嘯，這些小動物瞬息之間掉進海底被沙掩埋，還來不及解體性的死亡，就被凝止在生命最終的那一剎那，軀體仍然保持完整——那一瞬間的狀態變成了永恆。

更奇妙的是：比滄海桑田更巨大的地殼變化，竟讓這裡變成了北美洲的最高點，海底變成山巔，水已枯然而石未爛……又過了許多年以後，一片冰河把它們刷刷刷地沖流暴露出來。就像被發掘出來的龐貝城保持著生前面貌，這些蟲豸也是原始的樣貌，但它們隨著地球海陸的變動，從海洋之底旅行到高山之巔……其實它們哪兒也不曾去，時間、空間，它們全沒動，是除了它們自身，外面的世界一切都動過了，因而它們才可貴──在時空的巨變中唯有它們未變，永遠不變。

生命之終，永恆之始。

這兩個多小時的登山之路，其實是一次時光之旅──我像是乘坐時光機器，以每秒鐘七萬年的驚人速度，回到五億年前的史前洪荒時代，親眼目睹那時生物的原形……

其實這處地方、這些動物並不是孤零零存在的。他們當年的「鄰居」、同類，共同生活在同一個廣袤的海域中──只是或許在另一端吧，當地殼大變動來臨時，另外一批類似的古生物竟在亞洲大陸落腳了：那便是中國雲南省澄江地帶發現的寶貴的化石群，著名的「雲南蟲」就是其中之一。想想看，原屬同一時空的生命，億萬年後重見天日，竟是各自現身在遠隔重洋的兩塊大陸中心的高山上！這是怎樣的一種天翻地覆的滄桑啊。

這天山上風和日麗，我們席地而坐、匆匆吃下自備的簡單午餐，就開始專心一志尋寶似地低頭挑選最完整、動物最多、最生動好看的化石，連兩個小朋友也興高采烈地滿山坡找。大夥把中選的化石拿到中間一塊大石上展覽比較，嚮導趁這機會作解說，等於給大家上了一課。嵌在化石裡的動物軀體全都是完整的，由於泥沙包裹致死，身體柔軟部分依然保存完好，不像通常所見絕大多數化石只是骨骸——像我們熟悉的恐龍化石；所以這些動物化石可以用X光探測到立體形態，然後畫出來供參考研究。

嚮導給我們看幾幅波傑士片頁岩化石區一系列的動物圖像，這些稀奇古怪的創世紀時的動物，形態匪夷所思的程度，恐怕連最富想像力的阿根廷作家波赫士（Jorge Luis Borges）都要嘆爲觀止。波赫士編寫《奇想生物之書》（*The Book of Imaginary Beings*），裡面的動物再怪異也還是有跡可循，而圖中那些曾經確實存在過的怪物們，完全不講軀體頭尾手足觸鬚的功能位置這一套，滑稽梯突無奇不有，簡直是無厘頭的嘉年華！波傑士與波赫士，Burgess 與 Borges，如此相近的名字，竟也是個小小的巧合吧。

遍布山坡的石塊，隨手揀些帶回家豈不是最好的紀念？——不行，嚮導說片瓦都不能帶走，違者被抓到在過去是罰款了事，但有人寧可交罰金也要帶回家作紀念，於是新法規定不但罰款還要坐牢。只好捧在手中撫挲把玩細看，不忍放下。五億年的時光捧在手中，是一種既虛幻、又沉重的感覺。

下山是對兩膝最殘酷的考驗，眞難以分辨上山或下山哪一程更艱苦。但是儘管軀體痛苦，腦中還是可以一直回想那一大片時光倒流的夢般奇景、那些形形色色的奇妙動物，竟也得以因之而分心減輕疼痛。那晚不省人事地睡了十小時，第二天起來居然全身上下毫無不適，眞像奇蹟。心中還念念不忘化石，趕忙去班府市鎮賣化石的店鋪，一家接一家看得眼花撩亂；最後選中一片沙色的大石板，上面十幾隻生動活潑的小魚，鰭尾歷歷可見，好像還在游嬉呢！整片石板就像一個水族箱——億萬年前的水族箱。只是水枯了，石還在，生命的形象藉此也存留了下來……

想到人類最早的先祖，億萬年下來，這條延續不斷的生命線，每一個點、每一個環節、每一個生命，都要歷盡艱辛的存活到他們成長、成熟，然後覓到伴侶、結合生出下一代，一代又一代沒有間斷的，才能有今天此刻此地的你和我。億萬年啊，任何一個點、任何一個環節中斷了，「我」就不會在這裡了。這是何等艱鉅又奇妙的過程！

這樣看待生命的延續，就會覺得每一個存在的生命，都是一個小小的奇蹟。而這一切的開始，見證在一片地老天荒、山崩海枯之後的石塊上——曾經，在我的手掌中，在一個夏天的中午。對我，那確是一個永恆的剎那。

輯二

文學地圖

地圖迷人，因爲它會說故事。雖說只是一幅圖畫（還不一定精緻美麗），然而延伸涵蓋了那麼大的空間，空間裡還有時間：一條大河的流域，一個城市的舊名與新名，國境線的遷移與消失，甚至地形的變遷……你知道得愈多，地圖說的故事就愈好聽。

我從小就喜歡看地圖，地理科一向得高分，正因爲地圖看得太熟，課文內容自然就容易記住了。先是世界地形本身吸引我：斯堪地那維亞半島猶如巨龍引頸張口欲吞食丹麥，義大利的靴子險險踢到西西里這塊絆腳石，非洲大陸正像個飢童的側臉……我還注意到歐非大陸與南北美洲，隔著S形的大西洋似乎形狀很契合，後來讀到「板塊漂移說」才知道它們原先果眞是一體的。再大些就開始尋找美麗或者有趣的地名，想像那處地方的模樣：雅典的典雅，翡冷翠的冷艷，大馬士革的豪邁；荷蘭眞有荷花蘭花嗎？柏林眞有那麼多柏樹嗎？……對著攤開的世界地圖，夢想著將來能親眼一一見到。

再到後來，看地圖除了爲旅行時找路，往往也是在閱讀一部文學作品之後，爲了想知道它的地理背景：作者本人的來處，以及書中提及的地方；眞實或者虛構故事都可以，只要它感動了我、而我對那處地方還不熟悉，就會去查閱地圖。正如馬克・吐溫說的：「最有趣的事，莫過於查看一處書裡提到的地方。」我也曾想過：一些我喜愛的書，若能附有一幅地圖，標幟出書中提到的事件地點該有多好；或者以專寫某一處地方而著名的作者，若能有幅地圖呈現他用文字描繪的那個世界（紀實的或者虛構的都可以繪製成圖），那會是多麼奇特的閱讀經驗！

前些時偶然看到一則文訊：全世界藏書最豐的美國國會圖書館，「地理與地圖部」將其收藏的「文學地圖」整理出書，名爲《土地的語言》（*Language of the Land*）——這不正是我心目中的地圖集嗎？而且竟然收有兩百餘幅之多，眞令我大喜過望，馬上直接去電國會圖書館訂購。待收到書翻閱之後卻有些失望：大部分的地圖都縮得太小看不清楚，要靠文字介紹，就不那麼有趣了。至於收藏本身，在非美國人看來當然是比重「失衡」的：絕大多數是有關美國文學的，包括許多不厭其詳的各州、各地域的地圖；其次就是英國文學，只有極少的拉丁美洲、北歐、俄國文學，以及寥寥兩三幅所謂「世界性」的文學地圖。不過無論如何，這還是一部頗富特色的資料性圖書。

文學地圖最有趣的一點，就是不僅限於眞實世界——它更可以引導想像心靈，到烏何有之鄉作虛擬旅行。《土地的語言》裡的文學地圖大致有三類：一是與文學家本人有關的實地，他的故鄉或者靈感來處，像莎士比亞的家鄉 Stratford-upon-Avon，卡夫卡的布拉格，梭羅的華爾騰湖區。二是文學名著裡提到的實地，如珍・奧斯丁筆下的英國、托爾斯泰和普希金各自的莫斯科、馬克・吐溫《頑童歷險記》的密蘇里和密西西比、《白鯨記》裡追獵白鯨的航海線、傑克・倫敦的阿拉斯加、史坦貝克的美國西海岸、福爾摩斯的和狄更斯的倫敦，等等。三是半虛實的：荷馬史詩中的城邦與海洋、拉丁美洲文學裡奇幻瑰麗的土地；還有純屬虛構的童話國度，像史蒂文森的《金銀島》、鵝媽媽的童謠世界……

我尤其喜歡最後這一類，有一幅童話世界地圖簡直無所不包：人魚公主的岩石、彼得潘的「永無之鄉」、小紅帽的家、納昔西斯的湖、牧神的森林……你可以走進這幅地圖裡去，讓閱讀記憶與童眞想像攜手馳騁其間。

中國文學裡可以繪成有趣地圖的作品實在太多了，隨便想到的就有：《西遊記》的取經之路、沈從文的湘西、魯迅筆下的魯鎭、黃春明的羅東、西西的我城……。可惜到現在爲止，我只看過寥寥幾幅大觀園圖。

其實何必拘泥於一書一人呢？文學地圖甚至可以打破書與書之間的國界：誰說你不能把不同書中的人物，放在同一幅地圖裡生活？試著想像幾部不相干的小說中的角色，湊巧全住在同一個城市裡，當他們各自進行著書中故事裡的活動時，竟然在街頭不期而遇……你能替他們編出一個新的故事嗎？

若說地圖是土地的縮影相片，文學地圖便是文字呈現的時空流程，定影在一張縮影相片中。在那裡，眞與幻、實與虛，作者的創造與讀者的想像，穿錯交織出無比迷人的山川林野、城鄉街渠——好一個文學的視覺饗宴！

觀點

明兒這兩年個頭長得飛快，一下就竄得比爸爸還高。現在他最感到過癮的事，就是站在我面前睥睨著我說：「唉，從來不知道我的媽媽竟然這麼小！」我便用美國人打趣高個子的話問他：「上邊的氣候如何？」

一個孩子，打從出生就習慣於仰視周遭事物；長到十幾歲時忽然發現：對他習見的人與物要改爲平視甚至俯視了，這是一生中何等重大的轉折！想想在這麼短的時間裡，他們會生出多少盲目的自信，同時又伴隨著多少惶惑與不安，來面對種種未知的變數，作出調整與適應。可惜許多做父母親的人，都不復記憶自己當年這段心境，更不會記得幼小時眼中世界的模樣了。只有少數人有幸能夠回到小時極熟悉的環境，驚訝一切東西都縮小了——可惜我們這個快速變化的社會，很少還有絲毫不變、完整保留著童年記憶的地方。

有一年回台灣，一位並不很熟的朋友太太陪我參觀台南孔廟；一進大門她忽然蹲下身去，我正想問她是怎麼回事，她已站起身來笑笑向我解釋：「小時阿公常帶我來玩，我喜歡用那時的高度看看這裡，就好像阿公還在世的時候一樣……」從那一刻起她在我眼中變得非常可愛；後來我常回想她蹲下去的姿態，始終清晰美好。

我們住的社區有家小小的兒童博物館，可看的東西不多；卻有一小塊別出心裁的空間，讓人從一扇小窗看進去，只見裡頭林立著許多巨大的人腿，乍看有些嚇人；解說牌上寫的是：「孩子走在人群中所見到的景象。」——正是要做父母親的體會一下，作爲一個小小人兒置身在大人世界裡的感覺。

記得孩子初學走路時跌跌撞撞，害得我們心驚膽顫；一次意外事件之後，他的爸爸俯下身爬來爬去，搜索家中任何有可能對他構成傷害的東西——只有從他的高度才看得出隱藏的危險——不過同時也分享了他的「見微知著」，還因而發現了不少神祕遺失的小物件。這才學到爲人父母者，都該常常「俯就」孩子的視線高度；「俯首甘爲孺子牛」的行爲，豈僅只是娛樂效果而已！

芝加哥近郊小鎮「橡園」（**Oak Park**）因是海明威的出生地而著名，不久前去過一趟，卻是爲著參觀美國建築大師萊特（Frank Lloyd Wright, 1867-1959）的故居——他設計的第一幢房子、也是自己的家；他在那裡住了二十年，六個孩子全出生、長大在那間屋裡。我很好奇像萊特這等建築師，給自己和家人設計的生活起居空間，會有怎樣的別出心裁之處？尤其那時他尚未發跡，條件還相當有限，更得有創意才行。結果給我印象最深的房間是孩子們的遊戲室：爲了不占空間，他把大鋼琴「藏」在樓梯上方，只露出供彈奏的琴鍵部分；而最體貼孩子的是窗戶全都故意開得低低的，美麗的圖案設計也集中在下方，正是爲著配合孩子眼睛的高度……不，低度。

我一直喜歡萊特那深具現代感的設計，幾乎一個世紀之久依然歷久恆新；卻是在看了這幢房子之後，才感到他超乎藝術之上的可親——其實這才是眞正的藝術所該達到的層次吧。

也是我喜愛的日本電影導演小津安二郎，他那總是放得低低的鏡頭最爲人津津樂道——那正是坐在榻榻米上的視線高度。據說他的攝影師因著長年俯趴在地上，終於得了胃病。我住日本旅館時，發現有些窗戶分上下兩截，下半截名爲「雪窗」；冬日坐在榻榻米上，正好平視觀賞雪景。那份情趣，分外令我懷念小津透過鏡頭呈現的親切與體貼。

美國人的家居布置，掛畫的位置習慣偏低，全是所謂「eye level」齊眼的高度；沙發椅附近的畫掛得更低，好讓坐著的人看得清。東方的欣賞習慣卻是把畫掛得高高的供人瞻仰，就像美術館展覽品的高度；觀者便似東方山水畫中人那般，以昂頭負手欣賞大自然風景的姿態看畫。這兩種欣賞理念並無程度上的高下之分；我初到美國布置家時還照著舊習慣，近年來卻發現自己把畫也愈掛愈低了。這份改變，或許不僅僅是審美觀念上的變化吧。我想世間已有夠多的「高瞻遠矚」之士，自己寧取一個舒適些的觀點——何況這樣又能更接近孩子們的眼睛。

分身有術

爲了「慶祝」開學一百天，一年級的晴兒帶回家的功課全是以一百爲單位的問題；比如：你希望有一百個什麼？（他的答案當然是口袋怪獸。）還有個妙問是：什麼東西若是變成一百個，你就會有很大的麻煩？小人兒的回答倒是頗富想像力：「一百個媽媽。」我問他爲什麼呢，他很認眞地說：「除非也有一百個小晴，不然一百個媽媽搶著要抱我，就會很麻煩。」

機會教育的時刻又到了：我們趁機教他「cloning」這個字。

生物醫學在二十世紀有幾項影響深遠的重要突破，近日來的熱門話題是人類基因圖譜即將完成；對於這項成就是否能有專利權益的爭論，竟然波及股市爲之震盪。另一項亦有如科幻小說夢想成真的便是 cloning ——這個字原義是單性生殖，被普及使用後就是指複製生命體了。

人類學者瑪格麗特・米德（Margaret Mead）曾說過：「男人一直害怕女人沒有他們也行。」（Men have always been afraid that women could get along without them.）不幸單性生殖正是如此：只須將要複製者的細胞核放進一顆去核的空卵裡，然後把長成的胚胎放進子宮，就可以造出一個人來；而這個程序只要一名女性便可完成。米德當年一定沒想到，這句社會心理學的話會先在生物層面上成真。

Cloning 的起步可以追溯到一九五〇年代：美國華裔生物學家張明覺用動物做實驗，讓卵子在體外受精，再把胚胎放回子宮成長。一九七八年第一名人類女嬰以這種方式誕生，即是所謂的「試管嬰兒」，自此寫下人類早期胚胎在試管中發育的第一章。

至於「複製」一名與已有的生物體具有同樣基因的「拷貝」，最先進的方法是把一顆受精卵裡已有的細胞核「掉包」，換成想要被複製者的細胞核，長成就是後者的 clone 了。一九九七年第一隻複製動物「桃麗羊」就是這樣產生的。雖然法律禁止以人做試驗，會不會有實驗室在偷偷進行就很難說了。

眼看「桃麗羊」之後的下一步就可能是桃麗人，立即引發各種人文倫理的憂慮。科幻小說家往往先天下之憂而憂，出身生物學世家的赫胥黎，早在一九三一年寫成的《美麗新世界》就提出這種可能：書中第一章詳盡描述「波卡諾夫斯基程序」大量複製孿生兒，方法是用輻射刺激胚胎使它不斷分裂，可以產生高達九十六名的複製人；這些在玻璃瓶中孵育的「試『瓶』嬰兒」，出生後受相同的社會制約教育，長大後在同一生產裝配線上從事同樣工作，完全符合「新世界」裡整齊劃一高效率的理念。

其實普通人裡的同卵雙胞胎便等於是複製，兩個孩子一同長大，有相似之處，也有可能各自追求不同的人生道路，何可懼之有？人們畏懼的還是「替天行道」者的心態吧。性別殊異的兩名個體結合產生下一代，是有演化上的進步意義的；靠單性生殖大量拷貝，想來只有最狂妄自大、認爲自己是十全十美的人才會要複製自己；再不然就是爲著某種信念與野心去複製某個人。這種動機便使得複製行爲令人憂懼了。

其實縱使是同樣的生物人，不同環境還是會造成不同的社會人。希特勒在另一時空還會不會做出同樣的事？許多人思索過這個問題。寫《失嬰記》（*Rosemary's Baby*）的驚悚小說作者 Ira Levin 另一部暢銷小說《來自巴西的男孩》（*The Boys From Brazil*），一九七八年拍成電影，雖有葛雷哥萊・畢克與勞倫斯・奧立佛兩大巨星的精采表演，卻遠不及《失嬰記》成功；但我覺得故事情節更爲有趣，而且裡面提到的技術正是四分之一個世紀之後的今天在使用的。說的是納粹陰謀家造出九十四名希特勒的複製嬰兒，送去不同國家給相似年齡的夫妻撫養，甚至安排在孩子長到十四歲時把六十五歲的父親殺掉，讓孩子有與希特勒同樣的家庭背景……。當然結局是陰謀事敗，然而這些小孩長大成人，縱使長相與性格酷似希魔，仍然缺乏最重要的社會條件，去扶植他做出那番驚天動地的慘酷事業來。

科學家發明複製技術，爲的是正面的應用，比如複製人體器官用來救命——多做一套最被需要的器官如心、肝、腎，以備不測之需，移植給自體後也不會有排斥現象，多麼理想。不過如果一個人做了大腦移植，換上一個沒有相同記憶貯存的空白新腦，等於重新做人從頭活起，又何「複製」之有呢？

做出第一位試管嬰兒的 Robert Edwards 教授說過：「我從未遇見一個值得複製的人」，眞是至理名言。若是人人皆作此想，就不必杞憂「分身」太多的麻煩了。

不枉此生

驀然面對偉大的自然或人爲的瑰麗奇觀，頓時感動到屏息凝神，毛髮豎立；周遭世界忽然靜止，時間停滯——原先一切與之有關的知識、疑惑與期待悉數退位，連語言文字也似乎多餘了；天地間只剩下渺小的自我，與那巨大的絕美素面相對……

這般的身心震撼經驗，我能夠清晰記得的至少有四次。依照發生的次序，應該是——萬里長城，金字塔，敦煌莫高窟，和印度泰姬陵。第一次與第四次之間的時光差距正好是二十年。也就是說，在我人生不同的階段裡，總有這樣的際遇，讓我體會絕對的美感經驗；並且不因年歲的增長，影響到感受的強烈與深遠。

因而想到，類似這樣的經驗，在每個人的生命裡，似乎都應該體會一下吧。

於是又想：還有什麼其他的人生經驗，是一個人一生至少能有一次，才算不枉此生呢？我隨想隨記了許多則，刪去那些實在並非必要的，最後剩下這寥寥幾樁，卻是我個人的精選……

——在一個全然陌生、語言文化迥異的國度居住一段時日，並且儘可能像當地人一樣的生活。

——對一個人——或一群人——付出一份重大的，而且絕對不要求任何回報的恩惠。

——談一場奮不顧身的熱烈戀愛。

——投入一種不爲功利、而是純屬精神層次的熱情奉獻——無論是宗教、政治，或某類理想……甚至可以只是某類的興趣。

——長夜痛哭。

——全心全意的愛護照顧一個小孩一段時日。（那個孩子不一定要是你自己的子女。）

——全心全意的愛護照顧一個老人一段時日。（那位老人也不一定要是你自己的父母。）

——熟讀一本令你廢寢忘食、感動莫名的書。（至少一本，多多益善。）

——完成一樁你一直想做、但始終以爲此生絕無可能做到的事。（事實上，這很可能也正是上面諸事中的一件。）

寫完了算一算，連同開頭引發我寫下這些項目的美感經驗，總共正好是十項。當然，人們價值觀的差距不可以道里計；若請周遭每個人都列舉自己心目中的「十大」，必然是林林總總、千奇百異。何況有些事對某個人可能很容易做到，對另一個人卻可能難如登天。能夠達成與否，要憑決心也要看機緣，強求亦不得。

所以，一個人在他的一生中，若能遇上另一個與自己有著完全相同的項目的人，那種近乎奇蹟的際遇，絕對可以列入「不枉此生」的外一則。

至於我自己做到了多少呢？事關個人，可以透露的是絕大部分都已完成了。這樣最好：既不會有此生虛度的遺憾，也還不至於覺得「活夠了」。何況，即使十項目標全部達成，仍然可以再接再厲，繼續列舉；世間總有做不到的事——能夠領略體會缺憾也是一種美，又是一樁不枉此生了。

自己的房間

曾經寫過一篇同樣題目的文章，講的是我的書房。書房在家裡，名義上是「我的」，事實上家人們——尤其是孩子——進進出出視我如無物；較諸維吉妮亞·吳爾芙筆下的那個「自己的房間」，還是不可同日而語。

去年夏天，我終於在自家之外擁有了自己的房間——一個租來的小辦公室。說來也是緣分：隨意翻閱社區小報，就看到這條招租廣告。我一見地址就心動了：那是離家不遠的一條頗富歐洲情調的街道，附近有一家大書店，旁鄰咖啡館，至於其他舊書店、餐館、服飾店、健康食品店、花坊、糕餅店……也都一應俱全。最重要的一點：租金便宜得出奇。

待看到便明白原因了，原來是間地下層的小室。雖有些失望，還是毫不遲疑地租下了。

不管怎樣，這才是完完全全屬於我一個人的地方，我可以鎖上房門六親不認，可以不理會他人的品味任意布置——可以在這裡作我自己。

房東是個中年法國男子，極愛說話。他的辦公室跟我的只隔一間，開始時不免有些擔憂，因爲讀過加拿大作家愛莉絲・芒若（Alice Munro）的短篇小說〈辦公室〉，寫一位女作家需要一間辦公室寫作，好不容易找到了，卻碰上極其怪異的房東；那個寂寞臃腫的男子，用盡種種方法想走進她的生活裡，當她忍無可忍表示拒絕時，房東的歇斯底里變成了房客的噩夢……幸好我的房東雖然多話但並不古怪，而且顯然一點也不寂寞。他眞正的工作會客地點是近旁的咖啡店，與我簽約談事情都在那兒舉行。有這份優良的法國習俗，我可以百分之百放心不會受到干擾。

開始時我的房間就像是個新朋友，我和他逐漸學會適應彼此。然後我喜愛依戀他的程度增加了，房間逐漸變得像個忠心守候的情人，一兩天不去就會想念；去時總會帶一兩樣小東西：小擺設、新購的圖書、藝術海報……就像帶給心上人的小禮物，自己也可以享用的；也像小鳥銜枝築巢，布置它成了我的最大樂趣。

既然是地下室，當然沒有窗戶。正適合在裡面寫地下室手記，作白日夢，聽音樂，練毛筆字……。就算什麼也不做，享受獨處的時光，也感到心滿意足。

那個夏秋之交我時常出門，旅行時心中也會牽掛著他。想到除了自己的家之外，世上竟還有一處地方也會掛在心上，該是一份不太尋常的溫馨感覺吧。

人在小室裡完全放鬆，電話也沒有，很容易就會睡著。尤其到了冬天，熱氣往下，房裡特別暖和，不多久就恍惚起來。冬天日短，進去時太陽還高，看幾章書打一個盹，出門來才發現天已黑了——簡直像是忘卻時光的幽會。

春天來時，外面的世界空氣清新陽光燦麗，我那深在地下的闃黯的小房間，便不再像當初那麼有魅力了。爲的是他不夠寬敞明亮嗎？是他仍然缺少了一扇每個房間都必不可少的窗？還是因爲我到底不能接受 **a room without a view**（無景可觀的房間）？或許都有吧。更不巧的是對面那家大書店歇業了，那條街對於我更是失去了最大的吸引力。於是我愈來愈少去了，去時也不再有那份愉悅，更沒有興致再做什麼布置擺設了。

轉眼間春末夏初，有一天竟然發現天花板上的水管爆裂，室內下起了小雨！正好又到了我出門旅行的季節，就讓房東慢條斯理地去修吧。整修期間當然是面目全非，待修好之後，即使陳設還原，也增添了一份揮之不去的陌生感。

不久之後一年租約到期，我決定不再續約。然而一旦下了決心，卻又有些遲疑了——我眞捨得放棄這間自己的房間嗎？搬出的前一天，我在房裡聽了一整個下午的音樂，愈感戀戀不捨……

回想這一年，有些像經歷了一場短暫而熾熱的戀愛。其後走過那幢樓前，心中仍不免依依，總忍不住朝裡面多看兩眼，甚至想上前問一聲：你還好嗎？——就像對一個分手了的情人。

落單

偶爾在路邊地上看見一隻落單的手套、有時竟是一隻鞋，就會感到一份惋惜，甚至有些悲哀。想到倖存的那一隻手套或者鞋子，留著也成了無用之物；分明還是好好的一樣東西，卻根本就失去了存在的價值和意義了。比起被遺落在路邊道旁的夥伴，豈不是同樣的不幸？

本該成對的東西，有時配錯了也等於是落單。我喜愛的義大利作家卡爾維諾，有一本筆記體的小說《帕洛瑪先生》，其中一篇講到這位主角去東方旅行，在市場買了一雙拖鞋，回到家才發現，有一隻是他不曾試穿過的，完全不合腳，顯然是鞋販配錯了——那麼，原該歸他的那隻合腳的鞋，一定也跟另一隻鞋錯放在一起，而且說不定也被一位異國旅人買走了。他便常想像在遙遠的東方，甚至更遠不可知的國度，也有一個人像他一樣，爲著錯配的不合腳的鞋而苦惱著……

世間茫茫人海中，兩個素不相識、也絕無可能會遇見的人，卻因為配錯落單的拖鞋，冥冥中超越時空發生了某種聯結，而成為「無獨有偶」的一對了。這實在是一種奇妙的聯繫。

我自己常有的一個小小的苦惱，就是落單的耳環。不知為什麼，很少丟東西的我卻經常遺失耳環。外出時冷不防感到不對而摸摸耳朵，就會發現一邊耳垂是空的。到此地步多半為時已晚，十之八九是再也找不著那小玩意兒了。剩下那孤零零的一只，除了聊供憑弔之外別無用途。每當此際，就後悔不曾買上兩對同樣的耳環——可是買的時刻怎能就想著丟呢？何況我心愛的東西幾乎全是獨一無二的呀！

不知遺失在哪處地方的耳環若被人撿起，多半還是不免被扔掉的命運吧——任憑再出色的耳環，要一只有什麼用？我想像撿起它的也是個喜愛耳環的女子，看著這只美麗卻落單的耳環，祇好歎口氣把它放下了……那一刻她的惋惜之感，竟是與我心意相通的！這樣胡思亂想著，方才眞正體會到那位帕洛瑪先生奇妙的心情了。

忽然有一天，我想起有些人戴耳環是祇戴一只的——沒錯，我家中就有這麼一個人。怎麼先前就沒想到過？

兒子上高中的最後一年，決心做些「不太尋常」的事，事先來跟我打聲招呼——當然只是禮貌性的照會，但做母親的我大可想成是來徵求我同意的。

他想做的是去穿耳洞、戴耳環。

這年頭，報章影視和街頭校園到處可見戴耳環的男人，兒子的儕輩中也不乏先行者，所以我是早已作好心理準備的。不過職責所在，還是不得不提醒他：「你知道我不贊成在身體上留下永久的、無法復原的痕跡，以免將來後悔莫及。穿耳洞可是永久性的啊！」

兒子顯然有備而來：「別擔心，將來我停止戴耳環了，耳洞就會慢慢癒合的。而且我只穿左耳。」

我何嘗不知道飾物其實是一項文化產物，限制佩戴者的性別祇是一時一地的文化現象而已。既然這個社會已能接受男人掛項鍊、戴手鐲，甚至要求他們在脖子上結一條既無實用價值、亦乏美學功能的窄長布條，爲什麼就不能接受戴耳環呢？當然，兒子可沒想得這麼多，對於他，這只是趕一個稍稍觸及叛逆邊緣的時髦而已……。唉，祇要不是刺青紋身那些終生難以洗脫的印記，這種時髦，就讓他趁著青春年少去趕一遭吧。

久而久之，我也練出了視而不見的功夫；有時想起來特意看一眼，耳環還是戴著的，多半是小小一個銀圈圈，正好鬆鬆托著圓潤的耳垂，給他那陽剛中帶些不馴的少男氣質平添了一分柔和。習慣了之後，甚至覺得也挺好看的。而且最特別的是：他沒有耳環落單的苦惱。

原來有些成雙作對的東西，也並不是非得保持雙雙對對才行。祇可惜，我的那些個落單的漂亮耳環不適合他戴。

他人之血，他人之痛

去冬多雨，一季的陰沉濕冷，讓人心情抑鬱難平。豈料正因如此一冬，今年春天的花便開得特別繁盛。草木才不管世上有慘烈的戰爭、人間有死亡病痛，兀自花紅柳綠，眞的是天道無親。

是的，一場遠方的戰爭，便在這個春天的兩個月圓之間完成了。

驚天動地的第一擊之前，總是窒人的屛息——然而心底隱約而絕望地知道：鐵拳已經握緊待發，任何說理、規勸或抗議都終將是徒勞。三月十七日的《紐約客》雜誌封面，戲劇性而怵目驚心：深紅色帷幔拉開一半，舞台上展現畢卡索那幅著名的《古爾尼卡》（Guernica），標題：Setting the Stage——「布置舞台」。

西班牙內戰期間，德軍應西班牙獨裁者佛朗哥的要求，在一九三七年春天轟炸古爾尼卡鎮。畢卡索在慟怒中以兩個月不到的時間，完成了一幅八米長的巨畫，向全世界控訴這場屠殺。還記得七〇年代在紐約現代美術館，第一次面對古爾尼卡眞蹟時的震撼。巨畫中野獸的鐵蹄像是朝向觀畫者洶湧踐踏而來，抱著亡兒仰天哀號的母親、困在烈火中的女人、折劍倒地的戰士、垂死的馬匹……你幾乎可以聽見他們從畫布上發出的哭喊和呻吟。

《紐約客》封面上的舞台布置得何等及時。就在兩天之後，月亮猶圓，又一場古爾尼卡上演了。這次的舞台，很諷刺的，設在西方古文明的發祥地，四千多年前就有了文字和法典的地方。文明又有何用，人類還是不曾學會用殺戮以外的辦法解決問題。

戰爭，尤其在比較「文明」的時代，基本上是一種大規模的殺子行爲——少數年紀大的男人運籌於帷幄之間，輸送大批年輕男孩犧牲在沙場之上。到了近代，遠距離殺傷武器的發明使得傷亡不再限於戰場：第一次世界大戰，基本上軍人與平民的傷亡比是十比一，可是到了第二次世界大戰，這個數目字竟顚倒了過來，平民百姓的傷亡是戰場上士兵的十倍，也就是說，最無助的老弱婦孺承受了最慘重的戰爭酷殛。而這一次軍容顯赫的尖端高科技「解放戰爭」，更可以保證「解放軍」的傷亡會控制在三位數之內。至於被解放的婦孺百姓要犧牲多少呢？就絕對不會僅止十倍了。但發動戰爭的人總有說法讓你相信：爲了自家的安全保障，同時為了賜予對方自由民主，付出一定的代價——當然是對方付出——總是免不了的。

沙漠的夜充滿神祕的美，然而一輪滿月照著武裝坦克車隊，畫面便顯得無比的詭異。是的，「畫面」，從那時起，每一天每一刻，戰爭畫面輸送到家，在客廳、在臥室，精準而深刻地烙印到你的腦海中，你看到了有人要你看的畫面與圖像，鋪天蓋地而來，幾乎沒有空隙讓你停下來思索：圖像的另一面呢？鏡頭沒有捕捉、沒有呈現給我們看的，那更大更多的「其他」是什麼？我們知道每一顆炸彈的威力，可是承受它的血肉之軀在哪裡？無數經過篩選的圖像，可以拼成一幅完整的大圖嗎？而即便是圖像的整體，是否便是事實的眞相呢？我們仍然依賴媒體的掌握者給予的剪裁和詮釋。

我從不讓自己的孩子玩槍，也儘可能不讓他們看到血腥暴力圖像。晴兒很小的時候指著電視上流血鏡頭問：這是眞的嗎？我總告訴他那是假的，是番茄醬。我並沒有對孩子扯謊。而今當他看到眞實戰爭的鏡頭，他便說：這全是番茄醬。我楞在那裡，一時之間無法斷定自己的「愚民政策」是不是一個錯誤，我還能對他隱瞞事實的眞像多久。

侵伊戰爭如電影，全天候不斷，一天一天一場一場一步一步到處播放無孔不入。我們全成了觀眾，同看一場效果逼眞的戰爭片。就在這時，我訂購的新書寄到了：美國當代文學、思想家蘇珊・宋泰格（Susan Sontag）的《他人之痛》（*Regarding the Pain of Others*），時間和內容的巧合令我不寒而慄——書裡說，當新聞成爲娛樂，世間的悲苦似乎都不再是眞實的了；能夠坐在安全的地方看媒體播放戰爭與苦難，是一種特權、一份奢侈，結果很可能是對他人的痛苦變得冷漠、麻木不仁……。是的，大眾傳媒給了我無數畫面，可是會不會有一天，那些畫面不再令我激動，而我已在不知不覺間成了又一個自命超然的旁觀者，甚至更可怕的，鼓掌喝采的人？

能在安全處看戰爭而不心慟，是對他人的痛苦麻木。他人之血，他人之痛，全成了 reality show，眞情實境秀，甚至是球賽，「我們」對「他們」；世上最複雜的文化、歷史、宗教、經濟、人性的種種大題目，全簡化爲非此即彼的兩方對立，大家回到小時看電影只管追問「是好人還是壞人」的單純狀態，讓政府和主流大多數告訴你一個簡單答案，你甚至不需要追問「爲什麼？」萬里迢迢殺進別人家門，最簡易的理由之一是他們擁有威脅我們安全的武器——就算找不到也沒關係，到那時已經不再重要了。我們早已習慣了被灌輸主流意見，就像推銷時髦商品，不傷腦筋地全盤接受，活在當下就容易得多了。誰又忍心責怪我們——尤其是身爲移民、從未有過眞正安全感的我們，在追隨著「代表大多數」的一邊時，油然而生的一份溫暖安全的錯覺呢？

想起《星際大戰》（Star Wars）最早的一集裡，邪惡的黑武士 Darth Vader 向俘獲的公主誇示他如何強權在握——伸手一按鈕，一條光柱射出，頃刻間就摧毀了一顆小星球。這時，遠在銀河中一艘太空船裡的歐比旺突然一震，痛苦地按著自己的胸，他的徒弟路克天行者關切地問他怎麼了，歐比旺說：忽然之間，感到千萬生靈的哀號，隨即寂滅……

我們之中，有多少人的心會像那樣的痛過？有誰在飛彈轟隆隆的音響中聽見千萬生靈的哀號，又有誰在勝利歡呼聲中傾聽殺戮後恐怖的寂靜？

多年來固定捐款的對象，聯合國文教基金會來信：「急件！緊急募款行動，伊拉克兒童急需救助！……」無奈無力的聯合國，也只能做善後的事了。有多少急需救助的兒童啊？CNN的畫面上可沒有他們——只有一個，家人全被炸死、自己遭受灼傷斷了雙臂的小阿里，成爲一個「畫面」，平衡了報導者的良知。我把支票放進印著聯合國地址的信封裡，感覺上是朝著一片火海潑出手中僅有的一小盅水。

每個念過中學世界歷史的人，都還記得那些拗口但美麗的地名吧：幼發拉底河，底格里斯河，兩河流域，美索不達米亞，肥腴半月灣，西方文明的搖籃，楔形文字，巴比倫空中花園，漢摩拉比法典……還有從小聽的讀的《天方夜譚》，一千零一夜美妙的故事，阿里巴巴和四十大盜，芝麻開門和阿拉丁神燈，這些都發生在一個遙遠神奇的地方：巴格達。

醒醒吧，這一切都早已灰飛煙滅了，在現代高科技戰爭中，神話沒有存在的餘地，連歷史的價值也可以被完全遺忘了。戰爭接近尾聲的一天，我正開車在路上，聽到收音機裡一位芝加哥大學美術史學者的訪問，陳述伊拉克國家博物館遭到的浩劫——五千年的寶貴文化遺產，包括漢摩拉比法典石板，全被搶掠一空，永世無法重覓或替代了。學者痛心地說：早在開戰前，他們就一再提醒五角大廈，大軍開進巴格達後，務必全力保護國家博物館，因爲那是屬於全人類的寶藏啊……可是顯然官方軍方是置若罔聞了。

我聽著，彷彿心頭遭一重擊，慢慢把車子停在路邊。實在開不下去了。

許多年後，歷史或許會這樣記載：公元二十一世紀開始不久，一個如日中天的新帝國，一意孤行的在歷史原已創痕纍纍的傷口上再重重砍了一刀，殊不知這是一個終結的開始，從此，便走上了昔日羅馬帝國之路……

千百年來，無論東方或西方的倫理，基本上的爲人之道不外這八個字：「己所不欲，勿施於人」。然而在見識了某一種價值觀強加於他人的雷霆萬鈞之力後，或許還需要衍生出這九個字：「己之所欲，勿強施於人」。

我不該繼續告訴孩子血是番茄醬，但我該怎麼對他解釋，那是別人的孩子的鮮血，是他的國家在別人的地方做出來的事？我從來就不准他玩槍，但若是有一天有人塞把槍在他手中，而那人代表他的國家，爲著某個不容置疑的神聖理由，他必須聽命服從，甚或更糟的，只要他輕輕鬆鬆按一個鈕，「敵人」就全都死光光……

還有最糟的。萬一，有一天，爲著與這場戰爭相似的正當理由：維護國家安全、懲治暴虐政權、分享自然資源、伸張自由正義……那非打不可的「敵人」，竟是與他流著相同的血的人，是住在他的祖父祖母、父親母親來自的地方的人……。萬一有那一天，那麼，所有的血與所有的痛，都是我們每一個人的，無論是生者，還是死者。

註：「他人之血」典出法國文學家、思想家西蒙・德・波娃的小說 *Le Sang des autres*，1945。「他人之痛」來自 *Regarding the Pain of Others*，紐約 Farrar, Straus & Giroux 出版，2003。

時時刻刻

她匆匆出門，穿著一件在這種天氣顯得厚了點的大衣。那是一九四一年，又一場戰爭已經開始了。她留了一封短簡給李歐納，另一封給梵妮莎。她堅定地朝向河走去，確知自己要做什麼，然而此刻眼前的景色幾乎讓她分心了：丘陵，教堂，三三兩兩的綿羊，亮白中微微透出一抹黃色，在漸暗的天空下吃著草。她停步，看看羊隻和天空，又再繼續走……

她在河邊拾了一塊石頭放進大衣口袋，然後一步步走進寒冷的水中，無數意念浮現，要回頭或許還來得及，但是不，可怕的幻聽和頭疼又要襲來了，放她走吧，水深已及腰，她顛躓向前，一股激流像個孔武有力的男子包裹住她，把她拉向他的懷裡……

是的，這段寫的正是維吉妮亞．吳爾芙之死。這是小說《時時刻刻》（*The Hours*）的序幕，從此三條故事線交織穿插，鋪展開三名不同時空的女子一天裡的生活：一九二三年在倫敦近郊的維吉妮亞．吳爾芙、一九九九年在紐約的克萊利莎、一九四九年在洛杉磯的蘿拉．布朗。貫串她們的，是吳爾芙的小說《戴洛維夫人》——既虛構了眞實作者的人生片斷，又從眞人的虛構作品中創造出隱隱呼應的虛擬角色。

一九二三年的那一天早晨，維吉妮亞寫下了《戴洛維夫人》的第一句：「戴洛維夫人說，她要自己去買花。」一九九九年的這一天，因爲同名而被密友稱作「戴洛維夫人」的克萊利莎，一早就像書中的戴洛維夫人那樣，爲了晚上的宴會出門買花。至於五十年前的那位洛杉磯家庭主婦蘿拉（我們要讀到最後才明白她爲什麼會是書裡的一角），那天一早在床上讀著《戴洛維夫人》，想到今天是丈夫的生日，她得烤個蛋糕、準備晚上的生日晚餐，於是起床下樓，看見廚房裡已經有了鮮花……

自此，這三名或「眞實」、或虛構的女子，在不同時間不同地方交錯現身於書中章節裡，直到過完她們每個人這漫長一天的時時刻刻。

在鄉間屋宅的書房裡，維吉妮亞拿起筆，面對一頁白紙：她要寫一部小說，寫一個女人在一天裡對一生的追憶、悔憾與省悟；她寫下了開頭：這位看似活力充溢、自信滿滿的戴洛維夫人要自己去買花……然而她自己呢，頭痛不知哪一刻會突然發作；丈夫和管家的嘮叨令她神經緊張；姊姊梵妮莎下午要帶三個孩子來訪；她想念倫敦，這個郊區小鎮令她窒息，她想逃，她試圖偷偷搭上去倫敦的火車，然而才到車站就被匆匆追來的丈夫「逮」住了……

住在現今紐約曼哈頓的克萊利莎，是個成功自信的出版社編輯，幾乎就像戴洛維夫人一樣，也是一早出門去買花。她的晚宴是為了慶祝密友理查榮獲一項文學獎；她興致沖沖，堅決不受那些時不時出現的「過去」與現在的挫折悔憾所干擾……然而患了愛滋病的理查，這個被她以無比耐性與愛心照顧了好幾年的密友，卻再也受不了時時刻刻活著的痛楚，終於當著她的面，把自己這被她珍惜呵護著的垂死的生命，硬生生地斷然結束——就像《戴洛維夫人》裡那個悲劇的年輕人一樣。

就在這之前五十年，一個洛杉磯的年輕家庭婦女蘿拉，腹中懷著第二個孩子，在「賢妻良母」的平靜外表下，內心卻有著洶湧的激流，窗明几淨的家對她有如枷鎖，她想逃，她迫切需要一個完完全全屬於自己的地方，在那裡她可以讀完《戴洛維夫人》、作夢、做任何事——或者什麼也不做。她把兒子託給鄰居，開車進城找到一家旅店，鎖上房門，感受完全的自由，她甚至想到可以就此死去——然而她現在還做不到。兩小時後她回去接兒子，煮晚餐爲丈夫慶生，彷彿什麼事也不曾發生過。然而她的兒子，那小人兒，竟然敏銳感知到他與母親幾乎剛經歷過一場生離死別。後來——不知多久以後，我們才得知她終究還是生離了他，離棄了那個窒息她的家；而早已長大了的兒子決絕酷烈的死別，卻又是更多年之後的事了……到了那個時刻，克萊利莎和蘿拉，終於在同一個時空，見到了面。

三個女人、三段故事拆散成遙遙呼應的篇章，往返交織、層層進逼。迥異於絕大多數小說慣用過去式時態敘述，《時時刻刻》全用「現在時態」（present tense），這在中文裡可惜無從表示的現時感，特別給人一種異地同時、時間生命在平行進行的錯覺。

熟讀《戴洛維夫人》的讀者，會在這本書中、尤其是克萊利莎的那些篇章裡，看出無所不在的暗示、指涉，甚至對吳爾芙的「致敬」；然而不用擔心——就算你對戴洛維夫人，甚至對維吉妮亞·吳爾芙一無所知，也不會造成任何閱讀障礙——當我們打開一本從未讀過的書時，不也是多半對書中人一無所知嗎？

《時時刻刻》寫的其實是面對生與死的故事。三名女性——以及她們筆下或周遭的人，時時刻刻面對藝術生命的挫折與迷惘，面對心靈自由的渴望與肉體生命的斲傷，面對自己創造、哺育、照拂關愛的生命離棄之際的激情與哀慟……面對還是逃離？面對是無奈，逃離是悲壯。

在這裡我看見小說作者與其筆下人物，也有一種奇特的親子關係，甚至作爲生命共同體的生死存亡關係：戴洛維夫人沒有死，維吉妮亞決定筆下的她該熱愛生命、好好活下去；但維吉妮亞自己終於選擇了死。五十年前的那一天，蘿拉在洛杉磯的旅店房間裡想過死，但畢竟沒有以死作爲逃離的方式；五十年後另一個她最親愛的人終是選擇了死。克萊利莎，二十世紀末的戴洛維夫人當然也沒有死，死的是她最親愛的朋友，死法跟小說《戴洛維夫人》裡的那個死去的年輕人一樣；而她呢，自此再也無法不去面對原本就有許多悔憾的人生。

我自己寫小說，何嘗沒有過這樣的生死攸關——在一個故事裡，一名美麗的男孩必得死去。（爲什麼？也許因爲……在那之前不久，在眞實生命裡，有一個美麗的孩子死去了。）我不忍至極，寫出以後怎麼也放不下，多年後我以另一個形式改頭換面重寫，把那個男孩一分爲兩個角色，一個死了，另一個好好活下去。我這才終於心安了、放下了。

《時時刻刻》得到一九九九年普利茲文學獎，不久前改編拍成了電影。我一聽說就好奇：這麼一部絕非平鋪直敘、又幾乎是沒有「故事」的小說，需要怎樣重新改寫成電影劇本的形式、而又忠於小說的精髓原貌呢？視覺如何取代文字的敏感與美感，平行時空的錯覺怎樣保持，角色該說什麼、不必說什麼卻要把這一切告訴我們？我走進影院時心底是不無懷疑的。

電影的效果給我的是驚喜。原書的文字已融爲影像，在時而繁急緊扣、時而沉著悠緩的鋼琴配音中，三個時空的光影布局交錯，虛實再也難分；三名女演員全是可敬的表演藝術家，逐漸引導我的心靈離開自身，隨她們進入每一個角色之中。當蘿拉走進旅店房間，終於有了她自己的一方小天地，那一幕令我想起另一位英國女作家朵利思・萊辛（Doris Lessing）的代表作《十九號房間》（*To Room 19*）——也是一個女子渴望「一間自己的房間」而租下一間旅舍的故事，那份對自由的渴求與絕望時的慘烈簡直是驚心動魄！演到獨處房中的蘿拉，幻覺自身被水包圍淹沒一如維吉妮亞，在黑暗的影院裡，我的眼淚簌簌流下。記得許多年前，當自己也是一個年輕的妻子和母親，在感到被羈絆的無助而切切渴望一方自由天地的時刻，如何獨自驅車到海邊，朝向一望無際的大水，慢慢讓自己胸中的波瀾停止他們洶湧的撞擊……直到我能夠用文字書寫來疏導他們。

吳爾芙在《一間自己的房間》裡引用柯勒律治的話：「偉大的心靈是雌雄同體的」——是的，維吉妮亞，妳正是如此的心靈；而這本書的作者邁可・康寧漢（Michael Cunningham）能以如許的敏感與悲憫書寫女性，他的心靈無疑也是雌雄同體的。連劇本改編者——劇作家 David Hare，另一個男性——我相信，他也是的。

在那個陰沉的冬日下午，我走出影院，心中交織著微微的悲愴與欣喜；那片淹沒維吉妮亞的河水還在我胸中流淌著，獨自駕車回家，我取出《時時刻刻》翻開重讀，那片水總是在那裡，永遠會在那裡，時時刻刻，但我已學會知道隨著時間流逝，他會流向哪裡。

愛是需要說抱歉

七〇年代初有部美國電影《愛的故事》（Love Story），內容跟片名一樣俗套；可能因爲原著是耶魯大學文學教授寫的暢銷書，男女主角 Ryan O'Neal 和 Ali MacGraw 又實在可愛，竟然轟動一時大受歡迎。記得電影裡有句膾炙人口的對白：「愛，就是不需要說抱歉。」這麼一句看似無甚深意的話卻成了名言，可能自有其文化背景的因素。

美國人喜歡把愛掛在嘴上講，不僅電影中如此，日常生活裡也一樣。至於道歉那更是頻繁：打個噴嚏、請人讓路、伸手取物、擦肩而過、話沒聽清……固然全都要說聲「對不起」，甚至聽聞對方發生了不幸，再怎樣事不關己也得說「我很抱歉」（I'm sorry 其實是「我很難過」）。《愛的故事》反其道而行，情到深處竟然「不需要說抱歉」，倒令這些美國人耳目一新，難怪會傳誦一時。

相比之下，中國人就不那麼習慣於道歉了。「是我的錯，對不起。」這句對美國人沒什麼大不了的話，在中國人的地方就不常會聽得到。認錯道歉，對西方人容易而對東方人普遍說來比較難，除了所謂「民族性」這樁難以捉摸的因素之外，有個說法是西方宗教有懺悔告解的傳統，唯有認錯認罪才能獲得寬恕救贖；而東方觀念認爲認錯就會失面子，一旦面子失去裡子也岌岌不保了。茲事體大，所以日本人始終不爲他們的侵略暴行道歉，而中國人在浩劫之後總是遍地血淚史，卻少見懺悔錄。

道歉對同胞們是那麼艱難痛苦的事，若是面臨非道歉不可的情況怎麼辦呢？前兩天在一份美國報紙上讀到一則「國際新聞」，報導中國天津有人開了一家「道歉公司」——顧名思義，公司人員專司代替顧客向人賠禮道歉，生意據說還不錯，可見確有此需要。記得十來年前有部改編自王朔小說的電影叫《頑主》，戲裡幾個北京小青年就開了一家「三替公司」：替你排隊、替你挨罵、還替你做什麼記不清了，說不定就是替你去向人賠不是。天津這家「道歉公司」的靈感，不知是否來自王朔的點子。

美國人最常說、而中國人最不擅說的「我愛你」和「對不起」這兩句話，對於像我這樣一個長住美國的中國人，就成了一項有趣的文化實驗——我發現這兩句話若是用第二語就極容易啓齒出口：用英語對我的孩子說「我愛你」、「對不起」是再自然不過的事；可是設想成中文對話，縱使言者與聽者都不變，感受和氣氛都會大不相同了。

何以使用母語或第二語，在情緒和效果上會有如此大的差別？我想是因爲我們生長在母語環境中，語言包含了超乎它本身的制約力量；而「借來的」語言則不一定具有完全相同的意涵，以至於它背後的隱喻、訊息傳達的分量，甚至有關的象徵與禁忌，都有所改變甚至不再存在了。母語中難以啓齒的話語，在戴上一層異國的面具之後，就可以不必再有顧忌的直言道出了。

至於愛需不需要說抱歉，對於一個不擅道歉的民族，不但愛的對象絕對需要說，對於不愛的，該說抱歉的時候更是需要說抱歉。

花樣年華

那個時代已過去，屬於那個時代的一切都不存在了……

有一種年代，有一種愛情，是永永遠遠守住一樁祕密，只能對著廢墟的一個石洞傾訴，然後填上草與泥，嚴嚴地封起來，外面的世界再也無從知曉。時光流逝，祕密埋藏湮沒了，幽幽的情愛塵封了……回首那個悲傷的年代，也曾有過花樣的年華。

在美國上映首輪主流影片的電影院看這部香港電影，時空的恍惚之感格外強烈了。這裡用的片名是《In The Mood For Love》，美國爵士歌手 Nat King Cole 的一首老歌，跟花樣、跟年華，一點也不相干。Love，是的；Mood，一種情緒與氣氛，更是的。然而那四個中文字蘊涵的聯想與記憶，可不是任何其他文字得以取代的。

「花樣的年華，月樣的精神；冰雪樣的聰明……」生日美好的祝願，小時也常在收音機裡聽到，現在重聽恍如隔世，祝福如憑弔。

一男一女，說是外遇情是說俗了，那是他的妻子和她的丈夫之間發生的事，「我們不要像他們那樣」，是許諾還是試探，於是似拒還迎的探戈，那種期待的張力比什麼都優雅，落空後又比什麼都教人惋惜。

情事該如何發生呢？他和她的世界總是狹窄的空間：逼仄的廂房，湫隘的小巷，僅容一人的樓梯，石階，長廊，迎面遇上的兩人靠近、瞥視、貼身而過……。電影鏡頭像窺伺的眼睛，總是從窗外、從簾後、從門框裡，隔著鐵柵欄，繞過巷路的轉角，貼著斑剝的石牆，跟隨著，看大雨中他倆困在一方簷下，無言相對；看他和她在僅只容膝的空間裡，茶餐廳的卡座、隔牆有耳的臥室、計程車上……，多半亦是相對無語，揮之不去那份壓抑的、感傷的、卻又是如許委婉家常的溫柔。

時間：無所不在的鐘，她的辦公室和他的都有，以君臨的姿態，昭示著年華的流逝；多少回她的嬌靨如花，卻只是房裡的鏡中倒影，似眞似幻。

事情是怎樣開始的？猜測與試探，建構與重演，卻成了另一段篇章：「原來很多事情是在不知不覺中來的。」事情要怎樣發展下去？一遍遍的預演排練，卻沒有寫就的劇本可以依據。事情將如何結束？一次次演習分手，才知分手的艱難——來，或是不來？見，還是不見？每回拿起電話都是一份期待，另一端卻是宿命般的沉默。生命就這般有意或無意的擦身錯過……

錯過的就永遠錯過了。一切曾經發生的，以及可能發生卻終於不曾發生的，都成了那個男人的祕密。時過境遷，他還是忍不住要傾訴：在一座巨大廢墟的斷牆頹垣間，他找到一方極小的洞穴，深深鎖住了只有他自己才知曉的話語——連她也永遠無從聽聞。地老天荒，卻只是獨白空言；世間情事，寂寞無過於此了。

「那些消逝了的歲月，彷彿隔著一塊積著灰塵的玻璃，看得到，摸不著。」有一種鄉愁不是空間而是時間的，你不需要在那個年代的香港生活過，卻依然能夠感受到那滿溢的鄉愁，徘徊流轉的聲光，熟悉如昔日記憶的雲煙。背景依稀的切切嘈嘈，收音機裡播放的音樂，京戲、粵劇，周璇的金嗓子，房東太太的上海話，走廊上濛濛的燈光，Nat King Cole 的老歌……。小室裡氤氳的霧氣，幾乎嗅得出粥麵食物的家常氣味，原該是天長地久的人生，卻盡付諸那個年代飄零無定的淒涼。

如同王家衛，我也曾經歷過那個童年年代，敏感的小孩感覺得到父母仍然有離鄉背井的悽惶，上海的記憶碎片隨著他們飄洋過海而來，王家衛在香港我在台灣，上海記憶隨著母親的樟木箱打開如氣味逸出，收音機裡的周璇，唉花樣的年華，王家衛用那個年代的歌曲，用氣氛用光影用服裝甚至用新聞影片來重現——不，他其實不要重現，只要那個精靈，我們各別記憶深處的鄉愁。

張曼玉的優雅不屬於任何年代，卻被一件件美得令人心驚的旗袍鎖定在那裡頭了。多麼不舒適的款式，將血肉身軀裹成一種凝肅如雕塑的姿態，在傖俗簡陋的周遭環境對比下格外不眞實也格外讓人心疼；一如梁朝偉那無辜又無奈的靜默、唇角若有似無的飄忽的微笑……直到最後那場吳哥窟裡的傾訴沉埋，大提琴聲幽幽響起，終於、終於把你的心，隨同一段永遠消逝的花樣年華，傷成了碎片。

如果我出現在你夢中……

不知周之夢爲胡蝶，胡蝶之夢爲周歟？

——《莊子・齊物論》

有人說，世間最悲哀的一句話，莫過於「悔不當初」——一種無可逆轉、無法改變的徹底絕望。如果一切可以重新來過，如果有一種方法能夠改變注定無可改變的事實，如果時光可以倒流回到那決定性的一點……這一切永不可能的「如果」，只有在科幻小說裡可以成眞。其實如果一切可以重新來過，也不一定就會有所改變，或變得更好；我們或許會犯下同樣的、或者另一種更嚴重的錯誤……然而不管怎樣，唯有科幻小說，可以滿足我們這樁最狂野的夢想。

我自小看書是揀到什麼就囫圇吞下，現在很難回溯最早吸引我的科幻故事是哪些，甚至那些書能不能算得上是科幻讀物。然而不時總有幾則故事，會把一個家住南台灣小鎮的小女孩，帶到一個奇詭無垠的世界去——在那裡，一切日常生活中的「不可能」全都會成爲可能，月球、太空、銀河這些地方，近得像乘坐火車就能到達的城市；更奇妙的是時光：那不可捉摸的時間，變得像一片遼闊無際的原野，可以任你來來去去漫步……

成長之後接觸到的科幻文學作品，除了那種充滿高科技硬體的「機關布景派」之外，只要是有文采、深度與想像力的，對我都具有一份特殊的魅力——正是那份在科幻小說中格外豐富的想像力，對於處在當時那個幾近封閉狀態年代的青少年，不啻是一扇望向自由國度的窗戶。

大學是理想主義萌芽的年代，那時的我朦朧地憧憬著一種完美的制度，對科幻小說的要求是人文的關注——對人類前途的預警：未來世界的烏托邦，是正面的還是負面的？可怖的預言，我們這一代人還來得及做任何改變嗎？大四那年翻譯赫胥黎的《美麗新世界》，是少年理想情懷的投射，也是對科幻文學的致敬。

時光流轉，個人關懷的首要對象與層次逐漸有所替換，家庭、親情、生命的中止與延續、男女性別在社會和文化層面的角色功能……都有興趣探究。記得一九七九年讀到葉言都的《高卡檔案》，寫一個種族重男輕女的觀念，竟成了敵國用來亡族滅種的武器；彼時「本土」的科幻小說台灣還極少見，對那篇小說眞有「驚艷」之感。待到自己下決心寫科幻小說，基本上便是對男女角色在各個層次上的探討。我常戲稱自己的《袋鼠男人》是一本「科而不幻」的小說，沒有絕對行不通的奇技幻術，很可能根本不符合嚴格的科幻小說定義標準。不過動筆之後有一樁深刻體會就是：「幻」的想像力固然重要，而「科」那一部分研究功課之繁重，令我對「機關布景派」的作者也不得不肅然起敬了。

其實科幻小說始終最吸引我的還是「時光機器」——時間與記憶，一直是我著迷的兩個母題。「時光倒流」是最引人遐思、卻又是最無望而不可及的，與起死回生一樣。然而在科幻小說裡卻是魔法師最炫麗的魔棒，可以帶出無數匪夷所思、盪氣迴腸的故事。自己也曾忍不住手癢，悄悄寫過一則短篇小說〈迷航者〉：一個熱血青年，在時光隧道中迷途誤入未來世界，卻一直苦苦試圖回到過去，好完成他的革命事業，即使明知自己的犧牲換來的新世界可能是一場徒勞……

科幻小說讓想像力馳騁在無垠的時空，然而故事裡那些愛戀、記憶、追悔、執著等等諸相，卻依然是恆久不變的動人。幾位科幻大師的經典作品，閒來常喜一讀再讀。當現實世界把人類朝向機器和動物的層面拉下，作品產量與氣魄都堪稱舉世無匹的艾西莫夫（Isaac Asimov），卻把機器人和「古人類」向人性的上方提升——像他的《正子人》、《醜小孩》（天下文化，葉李華譯），都以這份推己及「人」的情懷打動人心。我最喜愛的雷・布萊德柏里（Ray Bradbury），詩意的語言比諸任何文學名家都不遜色；他的《火星紀事》（*The Martian Chronicles*）瑰麗、奇詭又帶著蒼涼，其中好些章節可以作爲獨立短篇來讀，精采而深沉，掩卷之餘，常有不知此身何在的恍惚之感。菲利普・狄克（Philip K. Dick）對眞實與虛幻的顚覆、對記憶的質疑與執著，予人夢魘般的震撼；根據他的小說改編的電影《銀翼殺手》（Blade Runner）是最令我低迴不已的科幻電影之一——另一部就是亞瑟・克拉克（Arthur C. Clark）的《二〇〇一年太空漫遊記》（*2001: A Space Odyssey*），三十三年來每隔幾年就想重看，今年（2001）看當然特別有意思。

讀多了科幻小說，最常會產生的疑惑是：自己周遭的這一切，會不會也只是一個幻夢？就像波赫士（Jorge Luis Borges）那篇有名的短篇〈環墟〉（The Circular Ruins）：魔法師在睡夢中造人，賦予血肉靈魂，並將他的「孩子」引入眞實的世界裡……卻在生命的盡頭頓悟他自己也只不過是個幻影，另有別人在夢裡創造了他。所以何者爲實何者爲虛呢，你我的今生今世未必不是黃粱或南柯一夢。莊子夢蝶，因之想到蝶的存在也可能是實，而他這人卻是虛的——莊子其實算得上是第一個科幻小說家，至少具有這個條件。

此刻坐在這裡寫著這些文字的我，也很可能只是自覺存在的一個幻影而已。而對於正在讀著這篇文章的你，這一切會不會只是你的夢中所見呢？還是……有些東西，或許眞的是存在的？

那一天

有一張照片，正在網路上流傳：一個白種年輕男子，站在像是高樓平台上的欄杆前，背景是紐約市的曼哈坦區，顯然是登高留影的觀光客，笑盈盈的，渾然不知身後不遠的空中有一架飛機正朝向他這邊衝來……

照片上的日期：09-11-01。

照片的標題叫「Missing」（失蹤），傳遞照片的電子郵件的標題則是——「在世貿大樓發現的照相機」。

看到臨場感如此逼眞的照片，情緒反應在一剎那間竟有些呆滯。等過了一會再細看，就斷定出來照片是僞造的。首先，那架飛機比起背景其他物件顯得太清晰了，很像是疊印上去的。其次，影中人穿的是寒冬衣著，這副打扮絕無可能出現在九月上旬的紐約市。最要緊的一點：任何人眼看一架噴射客機如此近距離地衝撞過來，光聽聲音也要準備逃了，怎還會好整以暇地擺姿勢拍照呢？

然而就算是假造的照片，那份震撼性還是極其強烈的。想像把時鐘撥回那一天的那一刻，就在同一座平台上，一定有好些個人正站在那兒擺姿勢拍照，作爲登上紐約新摩天大樓的紀念。然後——不尋常的聲響讓他猛回頭，人，在無法置信的震驚中或許還來不及反應，下一刻……

那兩架飛機帶來的彌天大禍，其實不止始於撞擊的那一刻，而是從很久以前就開始了，且還要延續到更久以後。當第一塊石頭被扔向家園的侵占者，第一顆槍彈射進一個示威平民的胸膛，第一枚炸彈在一個盛產石油的沙漠城市裡爆炸……當第一粒仇恨的種籽埋下，這條不能回頭的悲劇之路就已遠遠伸展開去。這樣鉅大深沉的創痛，又將只是更多無辜生命的浩劫的開始。

那一天，我的孩子遠在波士頓，探望他在哈佛大學的好朋友。兩個男孩從小就是鄰居同學，十年來形影不離，忽然一個要去東岸的波士頓唸書，一個留在西岸的舊金山；隔著整個美洲大陸，初長成的無憂少年，這才嘗到成長的人生滋味之一種。明兒趁自己學校尚未開學，專程飛去波士頓，為離家才一星期、思鄉心切的好友打氣。

波士頓——那兩架衝撞世貿大樓的飛機，正是從波士頓起飛的。型號與他將乘坐的一樣。

我打電話過去時他剛睡醒，迷迷糊糊還不知發生了什麼事。待知道了，第一個反應就是要回家。全國飛機全都停飛？坐火車也行，他說，情願乘坐四天三夜橫貫國境的火車，只要回得了家，不要被困在一個陌生的城市裡。我一邊為他打聽訂車票的事，一邊勸他稍安毋躁：四天的火車未必就比六小時的飛機安全，何況在這樣的時候，好友或許也需要他的陪伴呢。

忽然之間，太平盛世就變得兵荒馬亂了。生活不再能按照日程表進行，空間距離難以估量，不在眼前的人就可能是咫尺天涯。

五天之後的深夜，在氣氛森冷、空盪盪得近乎詭異的舊金山機場，終於接到了他。摟住比自己高上大半個頭的兒子，感覺有幾分像劫後餘生重逢；心頭湧上一份對命運的感謝之情：比起許多人來，自己何其幸運。

大災難中流傳著點點滴滴的小故事：被劫持的機上乘客、困在世貿大樓裡的員工，臨終前最後一刻打電話的留言，最後一句話多半是「我愛你」。我想到中國人不習慣這麼說，但自己若是身臨其境，一定會告訴最後通話的人我愛他，無論是第一次說，還是已經說過很多遍了。明兒留在波士頓回不來的那幾天，通電郵時我都沒忘記告訴他那要緊的三個字——雖然是他從小到大聽了無數次的。

想像許多年以後，他的孩子會問：「爸爸，那件事發生時你在哪裡？」就像他問過我們，甘迺迪和馬丁・路德・金被刺，或者人類登上月球的那一天，舉世震驚或舉世讚嘆的日子，我們當時在哪裡、正在做什麼、是在怎樣一種情況下得知消息的……。我想他會告訴我未來的孫子說：「那一天，我跟我最好的朋友在一起；同時前所未有地想回家。」

到那時候，他和他的孩子的世界，會是個什麼樣的世界？我們留給他們的，除了歷史的創傷和瓦礫，還會有什麼樣的遺產？

你那裡現在幾點？

對於時間，我始終抱持一份交織了憧憬與疑懼的好奇。少年時讀科幻小說，最吸引我的並不是讓人目眩神迷的機關布景，而是那具絕無可能成眞的——時光機器。

很久之後才悟到：我對時間懷有的種種憧憬、疑懼與好奇，其實源自一份焦慮感——因爲我無從掌握時間不可捉摸的流逝，更無法理解它那令人傷心、甚至絕望的無堅不摧的殘酷力量……。這份隨著歲月而愈增的焦慮，反映在我不斷以時間作爲書寫的主題，也顯現在我隨身不可或缺的時計上——我總是戴 dual time 的手錶：一對錶面，兩個時間。

這種錶普通店裡不常見，第一次見到時眞感到「恨晚」——這豈不正是長久以來我在隱隱期待著的，一個可以顯示時空差距的時計！當時也顧不得是不是符合自己的審美觀就買了。其後難得偶或遇到款式纖巧些的，總要購下一只作爲備用，因爲這種錶壞得快——二者之一壞掉就不能用了。近年來開始出現在飛機上的郵購目錄裡，想來也只有常旅行的人才需要吧。「雙時間」的錶對旅人多麼方便：一抬腕，當地時間和家中時間全都一目了然了。

我既是平素也帶，不免常遇到好奇的人問起；對於不熟的人我既不想告訴他我常旅行，更懶得作更多的解釋，所以總是隨口答道：「另外那個是三小時後的美東時間。」有一次竟有個人嗤之以鼻說：怎會這麼懶，這樣容易換算的數字，也要爲之多戴一只錶！

其實，在內心深處，我的「雙時錶」代表的是一處遙遠的牽掛。無論夏令還是冬令時間，在我住的美國西海岸的十五、六個小時之後，正是台灣香港大陸的時間——錶面上那三四個小時之差，看起來像是美西與美東的時差，其實是隔著一片大洋、一條我稱之爲「不回歸線」的國際換日線的白晝與黑夜之差。那處我出生和成長的地方，在我離去大半生之後，依然與我日常生活的世界平行存在著——在我的手腕上，兩個世界的時間是平行進行的，然而前者又弔詭地先行十幾個小時，像早一步進入了未來……

我對時間的這份敏感，當然傳遞給了自己筆下的人物。在我的一篇小說裡，女主角接到離散多年的情人從遠方來的電話，一時震驚和無措之中，她的第一句話便是問：「你那裡現在是幾點？」從前人們只能體會不在一處空間的落寞心情——「共看明月應垂淚，一夜鄉心五處同」；現在的離人，空間距離縱使比古人容易克服，卻要承受不在同一個時光領域裡的另一重疏離之感了。

不久前看了台灣導演蔡明亮的新片《你那邊幾點？》。一見片名，我就猜想會與時差有關——果眞如此。擺地攤賣錶的男孩，遇到一個即將去巴黎旅行的女孩；女孩要一只雙時間的錶，看中他腕上那只，硬是買去了。從此男孩心中有了一份強烈的牽掛，時時刻刻念著巴黎現在是幾點；後來竟演變成他把所有看得見、碰得到的鐘錶時計，全都撥換成巴黎時間……。一直以爲自己對時差有些過分敏感，看了這部電影，才知道要稱得上「執迷」——obsession，比起這個男孩可還差得遠呢。

有一段時日，我常會在中夜兩三點醒來，多半是隨即再睡去，但有時也會難以重返夢鄉。那陷在夜的深淵中輾轉反側無法拔出的滋味，是白日的憂患放大之後摻雜了黑夜的夢魘，可以追溯到人類始祖在漫漫長夜裡最原始的怖懼。在許多次無眠中我試著找出緣由，卻只落得更難以入眠。有一夜又在同樣時刻莫名其妙地醒來，暗冥中睜著眼胡思亂想，編出了一個有些超現實意味的故事。然而到了早晨，就只記得一些模糊的絲縷了。後來因之寫出了一首詩，題目就叫〈時差〉。這是其中的幾句：

爲什麼總是忽然醒來／在異國巨大沉寂的暗夜裡
地球那一面的你，此刻／是什麼時辰呢
在黃昏的盡頭／你咀嚼晚餐，以及／你底疲倦，你底
思念，總是在這時候／濃濃地，緩緩地升起／伴隨一聲嘆息
就在這一刻／異國荒涼睡夢中的我
受到溫柔呵氣般／忽然醒來了……

我始終願意相信，猶如平行的時間，猶如自己的思念，在另一個時空，在十五六個小時之後的未來，或許有一個聲音不時在問：你那裡，現在是幾點？

滋味年年

據說人類的感官記憶以嗅覺印象最爲強烈，而味覺伴隨嗅覺，想來也差不到哪裡去。可能就因爲這個緣故，提到過年，人們即刻的聯想追懷多半是年菜。可是我對年菜最特別的相關記憶倒不是感官的，而是有一年沒能吃成的年菜。

童年家住台灣南部小鎮，日式平房不大，卻有個還算像樣的庭院。每到舊曆年的前幾天，母親總會把自家醃製的臘肉和親友餽贈的香腸，晾在掛衣服的竹竿上風乾。竹竿從廚房伸出去，跨過側院，一端架在牆頭，稱得上琳琅滿目。在那些肉串下面走來走去，絕對是視覺的饗宴。

有一年歲暮的一個清晨，父親起來朝院子一看，竹竿怎麼乾淨得像削了皮的甘蔗？待揉揉矇矓睡眼再看才猛然醒悟：肉全都不見了！經過簡單的調查研究，一家人很快得出遭竊的結論。牆外是一條僻靜的小巷，小偷趁夜裡把竹竿抽出去、將竿上懸掛的物件一掃而下，實在是輕而易舉之事。小鎮上民風淳樸，根本沒想到要提防宵小，何況只是吃食。我們絕非富裕人家，年菜的重頭戲一夜之間不見了，當然是一筆可觀的損失。亡羊補牢，此後晾肉之舉便改在遠離圍牆之處進行；後來有了冰箱，更沒有高高掛起的必要了。轉念想來，要偷肉吃的人可能眞是手頭拮据，那家人因此過了個有油水的肥年也好。這樁意外事件並沒有減少年節的歡樂氣氛，倒是成了日後家人過年時必提的趣事。

醃肉臘腸其實平日也吃得到，不算稀奇。卻是有道逢年必備的「十全菜」，才是母親的拿手年菜。這是一道素食，吃多了大魚大肉之餘，如此清爽可口的健康食品自然備受歡迎。母親是典型江南女子，生長在蘇杭一帶，下手整治出來的料理全是精膾細切，這道菜正是十分符合她的風格。

「十全」顧名思義取十項材料，彼時彼地不能要什麼有什麼，多半是就地取材；滋味之外，還得兼顧顏色美觀，更要緊的是照顧到好采頭。金針、木耳、香菰之類自是少不了的乾貨，黃豆芽形似如意不可不備，芹菜、胡蘿蔔是取其色澤，其他如筍、干絲、百頁（千張）等等，取材就得視市場情況調適了。最糟的情況之下，蔥薑也可充數，只要湊得出十樣就行

——這個數目本身就是好采頭。每樣材料均切成細絲，素油大火加調味料炒熟了，冷食熱食皆可，滋味口感俱佳。早餐配稀飯或者夜來下酒，午晚餐也算得上一道主菜，不拘一格。理論上十全菜可以從年三十吃到正月十五元宵節，曠日持久，不壞不膩；沒有冰箱的日子，也只有這道素菜頂得住。

十全菜可以冷食，使我想到有些民族確有冷食年菜的習俗。日本人過年，理論上就是新年三天不生火，很可能又是仿效大唐中土哪處地方的規矩。日本年菜盒子「重箱」裡的御節料理很講究，海陸葷素五花八門，擺布得尤其漂亮，可全是冷的。雖然新年那天也喝米粉丸子熱湯，但用意還是讓「年中無休」的廚娘們歇口氣。最體貼的還是猶太人老祖宗的神，每六天就強迫子民們休息一天，是爲「安息日」，規定不能生火，當然也就無法煮食。舊時中國人還沒傳進星期制，一年忙到頭，只有新年那幾天可以理直氣壯不動刀剪不持工具，有些人家甚至像日本人那樣不開火，雖有冠冕堂皇的理由如開運除噩或者讓灶神放假，其實「強迫休息」的用意全都一樣。

母親一手好廚藝還沒來得及傳授，我就出國了。後來雖嫁作福建媳婦，也多半過著天高皇帝遠的日子，婆婆的拿手菜我全沒學會。家鄉過年必蒸的諸色鹹甜年糕，如蘿蔔糕、芋頭糕、發糕，我只有幸偶爾在館子裡見識到。這些年來總算跟婆婆學會一道家鄉年菜，就是福建油飯。出師後中爲洋用，把調了味的糯米拌上切成丁的香腸、蝦米、冬菰、嫩筍，不用傳統油炒之法，而改以飯鍋蒸熟後塞進火雞肚子裡，利用火雞的油汁滲浸，焗出來的米飯滋潤腴糯，比在炒鍋中用油慢慢炒出來又別有一種香味。憑這手中西合璧、土洋結合的一技走天下，福建油飯配火雞成了我洋年節的祕密武器。

半生行旅，驀然驚覺自從出國後再也不曾回鄉過年。有時不免自責：作爲一個母親，我是不是剝奪了孩子感受傳統年節禮俗的機會呢？可是在這物非人亦非的年代，我們在故土上又眞能看見多少純粹的傳承？倒是不止一次在異國唐人街頭的舞獅鑼鼓與鞭炮聲中，「禮失而求諸野」這句話悄悄浮上心頭。有位日本詩人嘗說：「故鄉，宜從遙遠處思之。」魂牽夢縈的人物、景觀、風情，從遙遠處思念可能最美好，昔日特別難忘的菜餚亦復如此。年菜的滋味其實就是年的歡樂滋味；經過長年離鄉歲月的淬煉，那口記憶中的感覺，遠遠回想其味無窮，又何必執著重嘗？時間會改變一切，包括我們舌上的味蕾。然而就是那點味覺上的印象，一如普魯斯特的瑪德蘭小點心，可以「傲然負載著宏偉的回憶大廈」。屬於年節的歡樂多半是童年往事，終將隨時光流逝，惟珍藏的記憶年年浮現，綿綿永存。

INK PUBLISHING 文學叢書 067

海枯石

作　　者　李　黎
攝影 繪圖　李　黎
總 編 輯　初安民
責任編輯　黃筱威
美術編輯　許秋山
校　　對　呂佳真　黃筱威　李　黎

發 行 人　張書銘
出　　版　**INK** 印刻出版有限公司
台北縣中和市中正路 800 號 13 樓之 3
電話：02-22281626
傳真：02-22281598
e-mail:ink.book@msa.hinet.net
法律顧問　漢全國際法律事務所
林春金律師

總 經 銷　成陽出版股份有限公司
訂購電話：03-3589000
訂購傳真：03-3581688
http://www.sudu.cc
郵政劃撥　19000691 成陽出版股份有限公司
印　　刷　海王印刷事業股份有限公司

出版日期　2004 年 10 月 初版
ISBN 986-7420-22-5
定價　240 元

國家圖書館出版品預行編目資料

海枯石／李　黎 著.－－初版,
－－臺北縣中和市：INK 印刻,
2004〔民 93〕面；　公分（文學叢書；67）

ISBN 986-7420-22-5（平裝）

855　　　　93018188